発見

よしもとばなな 他

発見

目次

発見する日々

吉本ばなな

犬にとって唯一絶対のケアは、多くの時間を共に過ごすことだ。それ以外は、どんなにがんばっても通用しない。だから、ものすごく家を空けがちの人は、犬を飼わないほうがいいと思う。犬にとって、飼われるということにおいての唯一絶対の条件は、飼い主といることだ。それ以外はどんなになぐさめようがはげまそうがだっこしようが、時間を割いていないことが、心が外に向いていることがばれてしまう。前からうすうす知っていたが、最近特に確信を持った。庭につないでいる犬ではなく、家の中で暮らす生き物としての犬を見続けてやっと八年になった。犬は、留守にしているとどんどん表情がけわしくなり、毛のつやが悪くなって、しかも心を開いてくれなくなる。やっとそれがほんとうにほんとうのことで、自分がいかに必要とされているか、心底わかってきた。なにごとも生命がかかわることには、全力でぶつかりたい。

そして思った。もしかして、子供もそうなのかもしれない。幼児には言葉も事情も通用しない。一緒にいる時間に全力を注ぐしか伝える術《すべ》がない。そう思うと、他の社会生活において言葉でごまかしている部分の多さに愕然《がくぜん》とするのだった。

話は変わって、関西に知っている占いのおじさんがいる。なんだかしゃべりも雰囲気もへなちょこで、でもずばりと占うそのおじさんのことがかなり大好きで、ここ十年は関西に行く度、占いをしてもらわなくても会いに行く。この間、引っ越しをしたというのでお花を持って行った。いつもどおりにもじもじしながらも、茶のみ話の間にずばりと核心をつく彼。ふと彼が言い出した。

「このビルの上にたま出版があるんです。」

「えっ、本当ですか。」

「よく霊とか精神世界の本とか出してはるところですねえ。」

「私時々仕事をしますよ、そこと。でも、確か本社は早稲田だったような気がしますけど、支部でもあるのかしら。」

「ひらがなのたま、やから間違いないと思うけど。」

お礼を言って別れ、階下に降りて行って私は見た。ポストにでっかい文字で、「たる出版」と書いてあるのを。あれほど鋭いのに、毎日見ているポストなのに、こんなあほな間違いをする彼……いとおしい。人間はこうでなくっちゃ。

さて、しまおまほさんという人が話題になっている。「女子高生ゴリコ」というかわいい漫画を描いている人だ。私の本名はまほこといい、なんとなく気になる名前だなあ、と思っていた。そして、まほさん、顔もなんとなく知っているような、見たことがあるような気がするなあ、と思っていた。そうしたら、私が小さい頃よく家に遊びに来ていた島尾敏雄さんのお孫さんだというではないか。当然、島尾さんにどことなく似ている。姉が言うには、その「まほ」はまほさんのご両親が私のまほこという名前を知っていてつけたらしい。すごいことだ！　なんと、私の名前をちょっとだけ意識してつけられた名前を持つかもしれない赤ちゃんが、もう大きくなって、作品を世に出している！

私が世に出た時のおじさんたちのショックがわかろうというものだ。私もショックのあまり子供でも産もうかなと思った。でも、しまおまほさんの作品は大好きなので、なんだか、とても嬉しかった。

さて、ちなみに私がその日パルコブックセンターで購入した本は「女子高生ゴリコ」「黄金の母性主義」「アンデス文明」だった。私は昔、本屋さんでバイトをしていたが、こんな組み合わせで本を買う人がレジに並んでいたら、少しだけ不安になる。自意識過剰ではないと思う。なぜなら私はレジをしている間じゅう、買う本とその人を見比べてうふふ、と思うのと、ひそかに「キン肉マン」を全巻つねに本棚にそろえておくことだけが楽しみだったからだ。「キン肉マン」をまとめ買いする人が続くとちょっと当惑して、担当でもないのに翌日には「キン肉マン」が届くように発注したものだ。私の心の中では清水書店は千駄木随一、「キン肉マン」が全巻買える店、というキャッチフレーズになっていた。

ちなみに今の座右の銘は同じくジャンプ・コミックスである「セクシーコマンドー外伝 すごいよ!! マサルさん」を描いたうすた京介さんの言葉「来た時よりもだらしなく」だ。なんていい言葉でしょう。このマンガを読んだ時の私の感想は「人生ってこうでなくっちゃ」だったが、数日後にやはりこのマンガを読んだ姉が「人生ってこれでいいんだと思った」と感想をもらしているのを聞き、きょうだいだなあ！と感慨を深くしたのと同時に、二人の将来や結婚がますます心配になったのも確かだった。

　これでは他の出版社の話題ばかりだ！と今、はたと気づいた。幻冬舎についても書かなくては。幻冬舎の人たちは私の知っている範囲ではみんな気がよく仕事もできてかしこく魅力的でどこかおっちょこちょいでガッツがあって、えげつないほどにすばやく先物買いをして驚かれるが、それは流行に敏感ということで、そのわりには人を物扱いはせず、作家に優しく人間味あふれ、とてもいい会社だと思う。新しいビルに引っ越して、やる気まんまんだ。これからも、読者から見て不透明な、遠い感じがしない、友達みたいな感覚のある出版社であってほしいと切に思う。

　今年は幻冬舎の石原さんや他のアーチストのみなさん[注]とメキシコに行って、世界の旅シリーズに取り組む予定がある。

　どういう小説を書こうか考えている今日この頃だったが、今は強く心に思うことがある。

この間、劇団維新派の公演を見に行った。維新派は自分たちで巨大なセットを建て、まずその世界観を建物として自分たちの手で現実の世界に物質化させてしまうすごいスケールの人たちだ。今回の公演は中上健次をモチーフにしていた。いちおう意見を言ってみると、中上先生の世界の核があの行き場のないどろどろ感や閉塞《へいそく》感にあると思っている人は多いと思うけれど、実は、もっと強い憧れの固まり、放射能のような強すぎて扱いの困難なもの、強烈な西日のようなもの、南米のような原始的な世界観、その美しさがあの濃厚でありながら澄んでいる文章を産み出すのだと思う。

そのことが完璧に理解されているのに、衝撃を受けた。

でも、ここまでは理屈で、私は、今までなにかを見て、まるでトイレに行きたくなるように実際に体が震えるのを生まれて初めて体験した。巨大なセットの中に、光り輝く銀の川や咲き乱れる花が出てきた時、私の体がぶるぶる震えて、感動の涙がどんどん出てきた。これはもう犯されているのとそう変わらない体験だ。ここまで体で感動できるのか、人は、と思った。

楽屋で感動を述べながらビールをおごってもらってくだを巻いていたら、その世界

のすべてを脳にかくしもっている、うちの親戚としか思えないくらい私の家の人たちと顔が似ている座長の松本雄吉さんが、

「『アムリタ』に出てきたみたいな、サイパンみたいなの書いてよ。ああいう、不健康なんだけどエネルギーがあるっていうのを読むと、心のビタミンになるんや。」

と言った。

はっ、しまった。また他の出版社の本のことを書いてしまった。

その時私は思った。このような巨大な感動を作り出すことは私には一生できない、これは男衆の仕事だ。しかしこのおじさんのビタミンになるようなものなら、書けるかも。そうして世界は補い合って、回っていくんだろう、と。その後はもうおじさんは私の連れていた美人の友達にセックスのテクニックを自慢しはじめたので、さっさと帰ったが、私の野望は、その時定まった。

「メキシコといえばきっと愛だろう。今までかくしもっていたえぐい恋愛の小説を書こう、メキシコを題材に。」

というわけで短編集「愛、メキシコ」(仮)幻冬舎よりそのうち発売！　です。それから、その時の日記や写真やエッセイも、この「星星峡」で連載する予定ですので、

よろしくお願いします。

・2001年8月より、よしもとばななにペンネームを変更した。
・注……この企画はアルゼンチンに変更になり、『不倫と南米』という作品になった。

意外な俺

町田 康

一年ほど前から巷間《こうかん》に、信州で平和の祭典冬季五輪というイベントが開催されるらしい、という噂が囁かれだし、その噂は自分のような者の耳にも入っており、そのことに関して自分はいろいろ心配もし、不安にも感じていたのだけれども、日々の雑務に追われ、ちょっと油断をしていたら、とうとう本当に五輪なるものが勃発《ぼっぱつ》してしまったのであり、油断大敵とはこのことかと嘆き悲しんだがもう遅い。噂は本当だったのである。

開会式とやらが行われた、という報道があり、それからというもの、毎日、毎日、不快な日々を過ごした。

だいたいにおいて自分はテレビジョンというものが嫌いで、特に、このところまま散見されるところの、上方の笑芸人が、最初から最後までげらげらげらげら笑っているだけの、とにかく盛り上がって興奮してりゃいいのよ式のヒステリックな番組が始まると、不快の極、大慌てでスイッチを切るのだけれども、じゃあなぜ大枚を払ってテレビジョンの受像機なんてな場所塞《ふさ》ぎなものを買って自宅に設置してあるかというと、それは一時、熱中していたテレビ時代劇を観《み》るためであり、また、自分は、もっぱら自分の因果によって世の中の生産活動や経済活動の埒外《らちがい》にある者であり、だったら、腹を決めて、カンケーねぇぶっ殺す、てって、自由闊達に生きていければいいのだけれども、生まれつき心が弱く、小心な自分としてはそう豪胆にもなれず、世間の動向をちらちら窺《うかが》い、いひっいひっいひっ、或《あ》るいは、くっくっくっ、と卑屈に笑い絶望するための小窓としてテレビジョンというのはこれ、実に便利な機械であるからであって、だから、まあ、下劣な遊芸稼ぎ人などがあまり出てこないニュース番組などを観ることが殆《ほとん》どなのだけれども、ところが、五輪なるものが始まってからこっち、もう腹が立って、腹が立って。って自分は、なにに対してかくも腹が立っているのかを順序立てて語ることが出来ないくらいに、心を乱している。平和の祭典五輪開催中の心の乱れがいまだに直らぬのである。だから、しょうがない、五輪開催中の自分の様子をここにそのまま写してみると、まず、自分は朝は六時に目が覚める。十代の頃からこれは変わらない。目が覚めてからの楽しみは朝刊で、朝日を浴びて茶を飲み、またシガレットをくゆらせて朝刊を読む、この爺い感、くうっ。てな感覚を少年の頃から愛好しているとかかる因果者が出来上がってしまう、という見本のようなものであるが、好きなのだからしょうがない。僕が、人生はフィクションだ。ギャグだ。なんてって、いろいろなことを真剣にやらなかったり、怠けたり、背徳的なことをやったりしているうちにいったい世間はどういう風になったのかな。うふふ。と機嫌良く新聞をのぞき込む。さあ、気に入らない。新聞の第一面には色刷りの写真付きででかでかと、何のなにがし、金、何のなにがし銀、何のなにがし銅。偉い、豪《えら》い、エライ。よくやった。天晴れ。アッパレ。努力した。才能があった。トニカク一生懸命ヤリマシタ。関係者各位ノオカゲデス。コノ喜ビヲ一刻モ早ク故郷ノ母ニ伝エタイ、という本人の弁。関係者の弁。識者の弁。賞賛の嵐。よかった、よかった。とにかくよかった。理屈もなにもなくよかった。メダルが貰《もら》えた。快挙だ。偉業だ。世界に通用するニッポンの技。平和の祭典五輪における日本人選手の快挙が、第一面を飾り、スポーツ面は大幅に増え、社会面も五輪に蚕食《さんしょく》されているのである。たかだか、駆けっくら・滑りっくらである。なにをそんなに興奮しているのだ。阿呆らしい。君は新聞だろう。いま少し冷静になったらどうなんだ。それじゃまるで××じゃないか。そういう××は一刻も早く、××××に××してしまわないと、××だよ。俺なんか網走で数珠《じゅず》繋《つな》ぎだよ。などと喚いて新聞を投げ捨て、怒り狂うのだけれども、そういつまでも怒り狂ってもいられない、というのは、自分のような人間とて人並みにいただく御飯をいただかんければ生きていかれず、その、米代、味噌代、醬油代を支払うための最小限の金子《きんす》は稼がんければ相成らぬからで、しょうがない、気を変えてこのところの稼業である、売文業にいそしもう、って、仕事場へ赴き、随筆原稿などを書こうとするのだけれども、どうもうまくいかぬ、というのは、ぜんたい自分という人間は、一度ひとつのことが気になりだすと、その気になっている状態がまた気になって、さらには、また、その気になっていることが気になって、と、どこまで行っても自分の気持ちに決着というものをつけることが出来ぬという、実に嫌な人間で、一度は気を変えて随筆原稿を書こうと思ったのにもかかわらず、朝起きて茶を飲む、シガレットをくゆらす、新聞を読む、ということが普段通りに出来なかった、という一事が気になって、気になって、一字も書くことが出来ぬのである。そこで自分は考える。つまり、自分は、茶は一応飲んだ。煙草も吸った。ただ一点、問題は、あの不愉快な、たかだか、駆けっくら・滑りっくらを恰《あたか》も天下の一大事の如くに、さあ、どうだ。ニッポンの選手が世界第一位になって嬉しいだろう。僕は殆ど感涙にむせんだよ。おまえも日本人である限りまさかそんなことはないだろうとは思うけれども、まだ感涙にむせんでないのであれば、それは大変なことだから、おまえのことを慮《おもんぱか》って、こうして記事に書いてやるよ。むせんだ？　感涙にむせんだ？　どう？　どう？　どう？という、あの朝刊の紙面構成のみなのであって、通常のニュースに接しさえすれば自分の心の平安は確保されるのであり新聞があのような体《てい》たらくなのであれば、そう、世の中にはテレビジョンのニュース番組というものがあるのであり、とにかくここは一番、自宅にたち帰り、テレビニュースを観ればいいじゃん、おおそうじゃ、って仕事を中断して家に帰り、新聞のラ・テ欄を閲してニュース番組を探し、スイッチを入れるのであるが、自分の苦心をよそに、ここでもまた新聞に輪をかけた騒動、人心が荒廃して少年・少女による犯罪が多発し、経済は低迷、異国では戦が始まるかも知れず、まつりごとは混乱の極にある、というのに、そのことを知ってか知らずか、例えば三十分の番組、というと実質的な放送時間は二十数分だと思うが、そのうち、平和の祭典五輪の関係のニュースが、二分の一を占める、という体たらくで、思わず、

「またかー」と呻吟し、ニュース番組はだいたい各局、同じ時間帯に放送しているので、どこか一局くらい良識ある局があるだろう、と次々とチャンネルを替えるのだけれども、どこの局も、やったー、やったー、すごい、きゃー、きゃー、わー、うれしー、うれしー、金金金金、銀銀銀銀、銅銅銅銅、というほぼ狂人の発作に等しい報道にいそしんでいるのである。もうこうなってしまっては原稿どころではない、意地になった自分は、終日、ニュース番組を睨みつけ、これを罵倒、夕刊を破り、自暴自棄になって酒を飲んで暴れ散らし、まったく業務を放擲《ほうてき》して気絶するように眠り、結果的に自分の人生を破壊するのである。

　しかしながら自分とて、自らはそのようなことは願い下げにしたいとしても、よーい、ドン、てって、一斉にわーっと駆け出し、ゴールした時点で自分は一位、はは、やはり俺が一番はやい。ざまあみさらせ、馬鹿者が。はっはっはっはっ。という気分を解さぬものではない。そりゃ気分はいいだろう。だって一位だもの。だが、それはあくまでも、その人本人の気分の良さであって、それをば赤の他人、それも各人各様の事情というものがある、不特定多数に向けて、ほらほらほらほらほら、御覧、一位だよ、嬉しいよ。やったよ。さぞかしあなたも嬉しいことでしょう、というまったく、人に対する思慮・配慮というものを欠いた報道姿勢にむかついているのであって、その選手個人を恨むものではないのである。とはいうものの、かくまでもスゲェー、スゲェー、と知性などというものはとっくの昔に捨てました、といわんばかりの白痴のごとき体たらくを見せつけられた日にゃあ、まったくもって、もう頼むから一位にならないでくれ、という倒錯した気持ちにもなるが、そうして、テレビジョン受像機という機械の特性上、こちらの声が向こうには届かない、ということを重々知りながら、激情のほとばしるまま、てぇげぇにしやがれ、馬鹿野郎。恥を知れ。知性ある報道をしろ。そんなに一位になって嬉しいんだったら、シベリヤでもアラスカでもてめぇが雪道を走りゃいいだろう、トンチキ。あんにゃもんにゃ。等と罵倒するうち、悪いことばかりは続かない、かの阿呆が沈痛な声で、日本勢惨敗、なんて読み上げて、ラッキー、ラッキー、ラッキー、これで明日の朝刊は普通だ。ははははは。やっと俺の時代が来た。って喜んで、四時に起きて朝刊を待っていたら、わわわわ、またぞろ一面から、まさかの惨敗。だの、クヤシイ。ヨネンゴニガンバル。だの、ヤルダケノコトハヤッタ。健闘をたたえる。今後に残った課題。だの、なんだ同じことじゃねぇか。また五輪一色。テレビジョンも御同様の有り様で、まだ、やってやがる、って自分はまたぞろ狂い、人間を廃業。怒りで脳が沸騰してテレビジョンを破壊、貴様がそんなだから俺はこんな目に遭う、と家人に悪態をつき、はあはあ肩で息をしてベッドに横になるのである。

ニッポンは頑張る。しかし自分もとにかく頑張らねばならぬ。このままでは殺されてしまう。自分はアルコールに痺《しび》れる脳で、たいていのことは、もはや俺はそんなことでは怒らない、と考え、普段は諦観と無常観でぐたぐた、柳に風の自分であるのに似ず、こと平和の祭典五輪に関しては、徹頭徹尾闘う姿勢の自分を発見し、あっ、と驚き、為五郎と言おうとしてやめ、弱気に笑って輾転反側《てんてんはんそく》。

ナイフをめぐる文化度

篠田節子

イランか、パキスタンか、それともアフガニスタンから来たのか……。

神田から中央線に乗った「彼」は、びっくりするほど長いまつげをしていた。ジャンパーの上からもわかる大きな骨格と見事な筋肉。浅黒く精悍《せいかん》な顔。どこかの工事現場で鉄骨を担いでいるのか、それとも渋谷あたりでテレカかクスリを売っているのか。持ち物はスーパーマーケットの大きなビニール袋が二つ。ヤマザキの食パンがのぞいている。

日野を過ぎて隣に腰かけた彼は、やにわにポケットから何かを取り出した。ナイフだ。パチリと音を立てて、刃を出す。バタフライナイフなんてものじゃない。大きくてごつい登山ナイフだ。周りの乗客の顔が緊張する。

彼の精悍な顔が、急に凶悪に見えてきた。

と、彼は片手にナイフを握ったまま、手にした袋をがさがさかき回し始めた。出てきたのは、まずそうな、添加物たっぷりでいかにも体に悪そうな、ピンク色をした巨大なボローニャソーセージだった。刃先でセロファンを切り、上の二、三センチを剝《む》くと、一口大に切りひょいと口に運ぶ。もぐもぐ食べて、また一口分切って……。

私は一連の動作を呑まれたように見ていた。

東京駅から河口湖まで行く、通勤型車両としては異例の長距離の電車に乗って、彼がどこまで行くのかわからない。とにかくラッシュに揉《も》まれて一時間あまり、ようやく空いて座席に腰を下ろしたら、急に腹が空いたのかもしれない。しかしそれにしてもそのナイフさばきの鮮やかなこと。

考えてみれば車内でナイフを取り出したときから、決して刃先を人に向けてはいなかった。刃の部分は常に人差し指と親指でガードされている。するするとセロファンを剝き、ソーセージを切り、刃に乗せて口に運ぶ一連の動作は流れるようで、優雅でさえある。そしてナイフ全体がその大きく艶々《つやつや》とした褐色の手の中にあって完全にコントロールされている。揺れる車内で隣に座っていてもまったく不安を感じない。

ナイフの向こうに文化が見える。彼は祖国でどんな生活をしていたのだろうか。ナイフで木を削り、蔓《つる》を切り、ちょっとしたものは加工してしまうのが普通の生活だったのかもしれない。家畜の喉《のど》ぶえを切り、皮を剝《は》いだことはあるのだろうか。干し肉や野菜を切っては、刃に乗せてひらりひらりと口に運んだり、ゆるんでしまったねじを刃先で締めたり、こびりついた汚れを刃でこそげ落としたりなどということは日常的に行なっていたのだろう。

一本のナイフを道具として多様に使いこなし、自分の身辺を自分で整えて生きてきた者の生活史がそこに見える。

私の周りにも、サバイバルナイフを持ち歩いている男が何人かいる。三十もとうに過ぎたオヤジたちなので、お子供衆の言う「護身用」ではない。男の七つ道具としての意味があるらしい。(残りの六つは何かわからない。運転免許証、システム手帳、クレジットカード、ライター、コンドームといったところか……)

ロールケーキを切り分けるとき、紐が絡まったとき、彼らは得意気にそのサバイバルナイフを取り出して使う。しかし電車の中で出会った異国の男と決定的に違うのは、その扱い方だ。

ナイフそれ自体を誇示する。刃を見せる。彼らの手は、ナイフの柄《つか》を握っているだけで、手の中に刃をきちんと収めていない。

切ることはするが、刃先を使って細かな加工をすることはできない。おそらく揺れる車内で唇を傷つけることもなく、食物を乗せて口に運ぶなどという芸当はできないだろう。

そうしたオヤジの七つ道具はともかくとして、小僧のおもちゃとなると、ちょっと困る。

キムタクがドラマの中で演じる以前に、私が高校生の頃から、ナイフをくるくる回したり、指の間に刃を行き来させたりといったことをする小僧たちは身辺にいた。

「キ○○イに刃物」とはよく聞くが、ああいうのは、「能無しに刃物」と言う。

持ち物検査を云々《うんぬん》する前に、無能な彼らがナイフを使う文化に縁がなく、その白く小さく脆弱《ぜいじゃく》な手にナイフは収まらないということを知っておくべきだ。

競争社会だ、受験ストレスだと言いながら、豊かな社会、日本は、無能な子供と大人を量産してきた。

現在四十二になる私も無能者の一人で、ナイフを持つことを禁止されて育った世代だ。「女の子だから」という理由で、危険なことと不快なものからは遠ざけられて大きくなった。「雨にも風にも当てなかった」と母親は胸を張るから始末が悪い。

現在、包丁だけは自在に使えるものの、普通のカミソリでは、眉毛もわき毛も剃れない。ナイフでペンシル状のアイライナーを削ろうとしては、芯を折る。

肥後守《ひごのかみ》という折畳み式のしっかりしたナイフを初めて手にしたのは、二十一歳のときだ。大学の美術科教育学の実技で、竹細工をさせられたおりだった。

まずナイフで竹を割り、その皮に近い部分を薄く削《そ》いで加工する。

左手で竹を持ち、右手のナイフで竹を切る。しかし竹とナイフの刃の両方で指を切り、左右の手が血だらけになった。

かといって途中で投げ出せば単位をもらえない。傷口に和紙をはりつけ、セロテープで巻いて竹を削ぎ続ける。

ほとんどの学生が、私同様、手先を切っていたから、机にはいくつもの血だまりができた。

美術科教育学の教官からは、実技にとりかかる前に、ナイフと竹の取り扱い方について、懇切丁寧な説明があった。にもかかわらず、その体たらくだ。あのとき、教官は、さぞかし情けない思いをしたことだろう。

学生たちの作った血まみれの作品を前にして、彼女は「子供たちにナイフを持つのを禁止するのは、絶対にまちがってます」と、断言した。

当たり前のことだが、ナイフで皮膚を切ったら痛かった。血が出た。手を動かすたびに、傷口が開き、いっそう出血した。

刃物というものをコントロールする難しさを嫌というほど知らされた。死なない程度に、痛い思いをし、血を見て、ナイフの使い方を覚える。その便利さと危険さを知らされる。そうして作った物が壊れる悲しさを知る、壊される悔しさを知る。ナイフの刃先をふざけて他人に向けて、大人にいきなりぶん殴られる。

すべて小学生のうちに経験しておかなければならないことだ。（ちなみに私は、昨年、モデルガンを他人に向け、「冗談でもそういうことをするな！」と翻訳家の浅羽莢子さんに一喝された）

しかし今、どれだけの人間が、そうしたチャンスに恵まれているだろう。自分の手を使って何かを作る、何かを管理する、という経験を置き忘れたまま、ほとんどの子供が思春期を迎え、大人になっていく。

カミソリでわき毛を剃れない女でも、手首を切ることはできる。ナイフで竹を削ぐことができない子供でも、級友を刺し殺すことはできる。それが刃物だ。使う側がコントロールする技術を持たなければ、反対に刃物に心を支配される。

事件が起きるたびにモラルの面だけが問われる。児童、生徒に作文を書かせてみたり、道徳教育の見直しが叫ばれる。

しかし言葉と抽象概念を操って、いったいどうやって人の行動を変えようというのか？

心と頭脳の延長に手がある。外界を認知し、働きかけ、制御し、頭と心に情報をフィードバックさせ、正しい判断に導くのもまた手だ。手が動かないまま、物を考えることはできない。そして手すなわち技術の集積が文化だ。

ナイフだけではない。火も、薬品も、各種電子機器も同様だろう。文化のないところにツールだけが入ってきたとき、本来それを使いこなすべき人が、ツールに支配されることになる。

自分の身辺を自分で整備できない無能者が、言葉まで操れなくなったとき、「キレる」という表現が生まれ、制御不能に陥る。

生きる基本は、自分の手を動かして必要なものを作り上げ、自己管理していくことだ。

ナイフで羊の皮を剝ぐ技術までは必要ないにしても、りんごの皮を剝《む》くことくらいは、男女を問わず、小学生のうちに身につけさせておくべきだろう。

どこか遠くの国からやってきた不法就労者とおぼしき「彼」は、八王子を過ぎたあたりでソーセージを食べるのをやめ、残りを丁寧に包み直して袋にしまった。ナイフも再び、彼のポケットに収まった。

「彼」がどこまで行くのか見届けないまま、私は、次の駅で電車を降りた。

新たな発見を求め、新しい出発

〜ベーリング海峡からの便り〜

デビット・ゾペティ

今年に入ってから、いろんなことが起きた。一月に二人目の子供が生まれた。男だった。三人の女性を相手に生活するような家族構成を密《ひそ》かに恐れていたから、僕はいささかほっとした。二月には有楽町の映画館で倒れ、しばらく入院することになった。三月に長年つとめていたテレビ局を辞めて、四月を迎えた。そして今、激しい吹雪が舞う中、ベーリング海峡を眺め、ぼんやりと考え事をしている。やれやれ、この調子でいくと、先はどうなるのだろう。不安であり、楽しみでもある。

人生は長い偶然の連続でしかないと僕は思う。無数の小さな偶然の集積の上に立って、人々は「今」の空気を吸っている。意志の働く余地がまったくないとまで言わないが、結局のところ、我々は常に何かしら偶発的なものに支配されて生きているのではないか。幸いにして……。

　物事がいつも計画通りに進むなら、人生はずいぶん退屈なものになるだろう。想像したただけでぞっとする。

　僕の場合、航路は風まかせ。小さな発見に刺激され、衝動的に方向を変えたり、些《さ》細《さい》な偶然に触発され、気紛れに横道に逸《そ》れたりして、計画性も深く考えることもあまりない。ただ自分に素直に行動したい。それだけだ。家系を遡ると、四代前にはジプシーがいたらしい。その血を受け継いでいるのか、これまでそんなボヘミアンの人生を送ってきた。

　飽きっぽい、それに無責任と言われそうだが、そんな生き方が性に合っている。いつでも人生を瞬時にして百八十度変えてしまう発見への期待こそが、僕にとって生きる原動力であり、前へ進むエネルギーなのだ。

　こんな性格だから、なんの手がかりも発見もないまま大きな選択に直面すると、まったく駄目だ。固まってしまう。とてつもなく迷ったり悩んだりする。

『タイタニック』はいい映画だった。

これだけの題材と製作費で人を泣かせるのは簡単だと言えばそれまでだが、僕は純粋に感動した。久しぶりにいい映画を観たと実感した。絶賛されて当然の作品だ。最後の方で、僕は気持ちよく涙を流していた。本であれ、映画であれ、素直に涙ぐむのも悪くないと思う。体の新陳代謝にもきっといいような気がする。

そこまではよかったが、体は妙に熱い。かと思えば、寒気もする。ロビーに出た時に目の前が真っ白になった。吐き気が込み上げてきて、激しい目眩《めまい》とともにその場で倒れてしまった。映画館で感動のあまり気を失うのは初めて、なんてくだらないジョークを言っていられる状態ではなかった。

救急車を呼んでくれた映画館の従業員は「お詫《わ》びに」と言って、一枚の招待券をくれた。迷惑をかけたのはもっぱらこっちだというのに。まだ使っていないが、心から感謝している。

「男性、三十五歳、スイス人。気絶して、内出血の疑いあり」若い救急隊員は車内から近くの病院に連絡を取っている。しかし、受け入れ先はなかなか見つからず、救急車は一向に走り出そうとしない。

「日本語が話せるって伝えた方がいいんじゃないの？」ともう一人のベテランらしき

隊員は提案した。今にも死にそうな気持ちなのに、担架の上で僕は思わず微笑《ほほえ》んだ。言葉の通じない急患を運び込まれることに日本の病院が戸惑いを感じるのは仕方がないだろう。なるべく好意的に解釈してあげたい。

何はともあれ、やっと病院が見つかり、内視鏡などの検査の結果、十二指腸潰瘍と診断された。かなり出血して、貧血状態になって倒れたという。分かりやすい話だ。

生まれて初めての入院生活が始まった。周りに年寄りの患者が多いせいか、若い看護婦さんたちはとても親切にしてくれて嬉しかった。当直医が点滴の針を刺し損ね、静脈炎を起こしてしまった痛みさえ忘れるほどだった。ゆっくりと流れる病室の時間に身を任せ、僕は心の整理をしてみた。

この半年ほど前から、僕は今の生活の在り方に疑問を覚え始めていた。行き詰まっていた。テレビの仕事をする傍《かたわ》らささやかな執筆活動ができると思っていたが、うまくいかない。それに育児の忙しさ。そう、自慢ではないが、割と積極的に子育てに参加するパパなのだ。毎日やたらに焦っていた。テレビ出演に映画作り、おまけにいい文章を書く天才芸人がいれば、育児に専念しつつベストセラーを生み出し続ける作家もいるが、僕にはそんな才能はない。すべてが中途半端だった。

それにテレビの仕事にいささか疲れていた。景気が悪くなったせいで、ニュースは国内の出来事にばかり集中して、スケールの大きい、面白い海外の特集ができなくなっていた。製作費という問題ではない。足場が不安定なだけ、足元ばかりを見ているようだった。余裕がない。誰もが貴重な発見の可能性をみすみす見過ごしている感じだった。

「人の心はいい方向にも、悪い方向にも進化するものだ」。そう言ったのは、宇宙物理学者のフリーマン・ダイソンだ。この頃の日本を見ていると、まっしぐらに後者の方に向かっているように思えて仕方がない。官僚の汚職事件、中高生の暴力問題、金融不安に環境汚染……。

連日こんなニュースを伝えることを使命とする環境の中にいて、僕は次第に閉塞《へいそく》感を覚えるようになった。期待もなければ、発見もない。

もっと自由に、伸び伸びと生きたい――

いちいち上司の顔色をうかがうことなく、好きな時に旅に出たい。もっと集中して文章を書きたい。子供たちともっと充実した時間を過ごしたい。東京という大都会からの脱出もはかりたい（うちの奥さんはこの計画にまだ賛成していないので、大きな声では言えないが)。……したいことだらけなのに、拘束ばかりが目につく。

子供じみたタワゴトかも知れないが、四十歳になるまで、もっと真剣に遊び、もっと無心に発見とロマンを求め、もっと本格的に小説に取り組みたい。自由な時間が欲しい。しかし、四、五年の依願休職を認めてくれるような会社はこの世の中にはない。結論は簡単だった。旅立つなら、片道切符を手に飛び立つしかない。

こんなことばかり考えていた。が、これまで自分をいつも救ってくれた、あの優しくきらめく小さな発見、天啓のような偶然のひらめきはなかなか訪れてこない。それで時間をもてあまし、余計に迷ってしまった。

金銭的な心配もあった。通俗的な話かも知れないが、いきなり無収入になるのも不安だった。なにしろ、テレビ局の給料はいいからね。大蔵省(現財務省)や大手都市銀行に次ぐくらいじゃないだろうか(いえいえ、そんなに高くはない、ご安心ください。でもまあ、ワルクナイ)。この安定した生活に背を向けるのは、どう考えてもむちゃな話だ。ましてや、文学が凋落《ちょうらく》傾向にあるこのご時世とあれば、なおさらのことだ。

学生の頃、開高健のエッセーを読んだ。その内容は今でも脳裏を離れない。確か、

「職業としての文学」という題だったと記憶している。うろ覚えで要約すると、大体こういう話だ。

「人生で犯してはならない大きな過ちがある（他にもきっとたくさんあるだろうが、特にこれについて警告していた）。会社員の身でコツコツと文章を認《したた》め、趣味半分、一本の小説にまとめる。雑誌に投稿してみたら、たまたま何々賞を取り、たちまち有望な新人作家として注目の的となる。通勤の満員電車にうんざりし、会社の侮辱的に近い窮屈な毎日にへとへとしているとなれば、これを機にすべてを投げ出してやろう、筆一本で生計を立てようと、一大決心をする。

しかし、いい文章とはそう簡単に書けるものではない。思うようにいかず、旅でごまかしたり、罪のない小さな浮気でごまかしたりする。気がつけば、後の祭り。無一文の手遅れだ。悪戦苦闘のあげく、表現の喜びを求める努力だけが残る」

京都の下宿でこれを読んだ時、僕はぞっとした。実はその頃から、いつかは何かを書いてみたいと思っていた。自分にぴったりと当てはまる話になるのだろうと予感していたのかも知れない。

いま、凍てついたアラスカの大地を旅している。雑誌のルポと長編小説のリサーチを兼ねた旅だ。厳しい自然の中で生きる優しい人々と触れ合い、毎日、息をのむほど美しい、スケールの壮大な風景を見ている。まさしくこの自由を手に入れたかった！胸の高鳴りを覚える。しかしこれも錯覚かも知れない。開高健のひそみにならえば、浮気はともかく、言葉の密林から逃れようとする僕の長い逃亡の人生が既に始まっているのかも知れない。

それでもいい——

目の前のベーリング海峡は凍結し、気が遠くなるほどの広い雪原と化している。あと一ケ月待たなければ、春は来ないという。ここにいて僕はほっとしている。多くの発見に満ち足りた、心躍るような日々を再び夢見ている。失いかけていた前向きな心を取り戻している。気ままが一番だ。

物語はそこにある

小川洋子

先週の日曜日、仕事机の回りにいつも積み上げている本の山を、久しぶりに掘り返した。ある雑誌から送られてきた、二十世紀に発刊された中で最も印象深い本を、日本、海外それぞれ十冊ずつ挙げよというアンケートのせいだった。

アルバムの整理と同じで、一冊手に取るたび、ああ、こんな本もあった、あんな本もあったと感慨にふけってしまい、アンケートの方は一向にはかどらなかった。読まなければ本はただの本に過ぎないのだが、そこに書き付けられた言葉たちを一度でも味わったあとには、それは精神の一部になる。

栞《しおり》をはさんだところを開くと、たいていは一番たくさん読み返したページが出てくる。例えば『西瓜糖の日々』では、愛し合ったあとの手について書かれた章、『富士日記』では死んだ犬のために武田泰淳が穴を掘る場面、『中国行きのスロウ・ボート』

では、ぐったりとしてやわらかい子猫を僕が積み重ねてゆくところ……という具合に。

四年前、アンネ・フランクの足跡をたどる旅をした際、資料として集めた本の一塊は付箋《ふせん》と書き込みだらけで、どの表紙にも何度となく開け閉めされた痕跡が残っている。旅の結果は一冊の記録として既に出版されたのだが、ホロコーストに関する蔵書はいまだに増え続けている。

その中からエリ・ヴィーゼルの『夜』を取り出す。ありったけの衣類を身に付け、うつろな目をしてビルケナウのプラットホームに降り立ったばかりの、ユダヤ人たちが写った表紙を見ると、どうしても素通りできない。腰の折れ曲がった老婆、疲れ果ててうずくまる少女、母親に抱かれたベレー帽の男の子……。おそらく皆、この直後全裸にされ、ガス室へ送られたはずだ。

エリ・ヴィーゼルは熱心なユダヤ教の信者で、物心ついた頃から〈永遠なるお方〉に心身を捧げ、信仰のための人生を歩もうとしていた。ところが十五歳の時アウシュヴィッツへ送られ、家族のみならず、自分の存在を支えるすべてであったはずの神までも失ってしまう。

収容所に着いた最初の夜、妹と母親を含む幾多の人々が焼かれる煙を目の前にし、少年は自分の信仰が焼き尽くされてゆくのを感じる。

〝この煙のことを、けっして私は忘れないであろう。……生きていこうという欲求を永久に私から奪ってしまった、この夜の静けさのことを、けっして私は忘れないであろう。……たとえ私が神自身と同じく永遠に生き長らえるべき刑に処せられようとも。……〟

エリ少年の魂の中で、神が死んだ瞬間だった。

ある日、収容所で発電所が爆破される。破壊活動のかどで三人が逮捕され、点呼広場で公開の絞首刑が執行される。そのうちの一人は、収容所にこんな子がいるのかと思うほど、美しい顔立ちをした幼い少年だった。

収容所長が合図をし、三つの椅子が倒された時、エリの後ろで誰かが尋ねる。

「神さまはどこだ、どこにおられるのだ」

心の中でエリはこう答える。

「どこだって。ここにおられる――ここに、この絞首台に吊るされておられる……」

最初に読んだ時、少年が神を失う、その残酷さに胸が締め付けられた。絶対的な喪失の事実は、宗教観の異なる私にとってさえ、あまりにも大きな苦痛だった。ところが何度か読み返すうち、別な側面が見えてきた。苦痛がやわらぐわけではないが、それまで暗闇に包まれていた地平にうっすらと光が差してくるような感じだった。

ここにおられる、と言って絞首台を指差した時、彼は新たな神を見たのだ。タルムードを学び、神へ問い掛け、その答えを自らの魂の底に見つけようとした少年は、アウシュヴィッツで死者のための祈りを唱える父親に対し、初めて反抗心を覚える。圧倒的な力で、しかも理不尽に押し寄せてくる悪に対し、〈永遠なるお方〉の声を聞こうと懸命に耳を澄ませているのに、届いてくるのはただ深い沈黙ばかりだ。そして目の前には魂を焼く焔《ほのお》が、なにものにも破壊されない強靭さで荒れ狂っている。どうにか自分を保とうとする彼の生命力が、新たな神を作り上げた。しかも、自分と同じ人間の中にである。〈全能者〉の前でひれ伏す存在であったはずの人間の中に、実は神が隠れておられた。ついにエリ少年はこうもつぶやく。

〝……いまや私はその〈全能者〉よりも自分のほうが強いのだと感じていた〟

『夜』は喪失だけではない、創造の物語だった。エリ・ヴィーゼルは物語を作ることによって、アウシュヴィッツを生き延びたと言える。
　点呼広場での絞首刑の場面、身体が軽いせいで臨終までの苦しみがより長く続いた少年の姿を、ただの死骸としてではなく、意味深い存在として記憶に残すためには、少年の中に神を見出すという物語を構築する必要があった。事実を物語にすることで、どんな悪の前であっても失われない人間の崇高さを、より深く記憶に刻むことができたのである。

　背負うには苛酷すぎる現実と対面した時、人がしばしばそれを物語化することに気づいたのは最近だ。現実逃避とは正反対の方向、むしろ現実の奥深くに身体を沈めるための手段として、物語は存在する。

　柳田邦男さんの『犠牲（サクリファイス）――わが息子・脳死の11日』も、本棚にしまわれないまま、机の回りに常に置いてある本の一冊である。息子の洋二郎さんが残した日記のページに栞がはさんである。

　神経症のため社会と折り合いをつけることができず苦悩していた洋二郎さんは、電車の窓から見える樹木が、「まだいるからね」と言って自分を励ましてくれる――と記している。声高でなく、理屈でなく、ただ一言発せられる「まだいるからね」の声が、ページから浮き出してくるようで、私はそこを開くたび、文字を指で愛撫してしまう。

洋二郎さんの作り上げた物語がそこにある。目前の風景としてはごくありふれている。電車の窓を木々の緑が流れてゆくだけだ。しかしその風景に確かな自分を映し出すためには、言葉がいる。想像力がいる。

洋二郎さんが樹木に語らせた言葉には、どんな文学でも太刀打ちできない豊饒《ほうじょう》さがある。言葉に関わる一人として、嫉妬さえ感じるほどだ。日記を書くことが何かしら彼の支えとなった事実に、ささやかながら救いを感じるとともに、これほどの一行を書ける人が……と、無念でならない。

これは自ら死を選んだ息子さんとの、別離を記録した本であるが、また同時に、父親の柳田さんがその現実をどうやって受け入れていくかという、受容の記録でもある。柳田さんは脳死状態になった息子さんに付き添い、身体を拭き、話し掛ける。枕元に腰掛け、残された日記を読み返し、彼がどういう自分でありたいと願いながら生きていたのか、懸命に探ろうとする。そして、不必要な延命治療を断り、死後の腎提供を申し出る。

当然、ノンフィクション作家として冷静に理性を働かせ、脳死問題を客観的に論じながら、息子さんと接している間に、本当に脳死は人の死なのか、よくわからなくなった、と正直にお書きになっている。たとえ科学的に回復不可能な状態であっても、父と子は言葉と身体で会話し合っている。その会話の中から、自分はこの世で誰の役にも立てなかったという息子の後悔を汲み取り、腎提供へとつながってゆくのだ。自衛隊の輸送機に載せられた腎臓が、夜空高く飛翔してゆくさまを、柳田さんは思い浮かべる。息子さんの生命が引き継がれる実感を味わう。だからこそ、臨終の場面で、

《洋二郎、またな》

という言葉を贈っている。受容の物語の第一章が、完全な形を成したのである。

小説を書くことは特別な行為だと、頭の片隅で思っていた。特別に選ばれた才能がなければ書けないという意味ではない。そんな思い上がった気持ではなく、自分を表現する方法として物語を選ぶ人が、世界にそうたくさんいるとは考えられなかったの

だ。

日常的な道具であればこそ、手垢《てあか》にまみれ、回りくどく、新鮮さなどない〝言葉〟を使って、フィクションの世界をゼロから築いてゆくなど、面倒極まりない作業だ。出来上がった物語を読むのと、作るのとでは、大きな違いがあるはずだった。

しかし、小説を発表するようになって十年が過ぎ、少しずつ考えが変わってきた。特別なことなど何もないのではないか。生涯に一冊の本さえ読まない人でも、一行の手紙さえ書かない人でも、誰でも胸の内に物語を抱えているのかもしれない。

辛い思い出の色彩を消し、喜びの思い出を膨らませて記憶を物語に変える。もの言わぬ犬に話し掛け、会話を作り上げ、心を慰める。死者が遥か安らかな場所で微笑み、いずれ自分もそこへたどり着けるというストーリーによって死の不安を克服する。

この世は何と多くの、底知れぬ物語にあふれているのだろう。その発見は私の心を震わせ、途方も無い気持にし、白紙の原稿用紙に向かう恐怖をやわらげてくれる。

一日一めん

椎名 誠

まとまった原稿を書くために昔はよくホテルにカンヅメになったりしたが、最近はそれも煩わしくなって自分の仕事場に数日間こもることにしている。仕事場は都心にあり、食事する店はちょっと外へ出ればどんなものでも簡単に見つかるし、真夜中でも大丈夫なのだが、外に出るとついつい周りの客に影響されて酒など飲みたくなってしまうので、我が軟弱かつ意志薄弱の性格からして大変に危険でもある。それからまた、やはりバカ文といえど気が乗っている時は外に出て余計な精神的刺激はうけたくない。

そこで簡単に自分で何か作ることにしている。どんなものかというと、なんというか明確なポピュラーな名はないのであるが強《し》いていえば、釜揚げうどんふう鰹節海苔醤油まぶしとでもいおうか。

うどんは数年前から五島列島の椿油で練った細いタイプのものを愛用している。これはうどんそのものが大変細いので茹《ゆ》でる時間が三〜四分と非常に短いのが利点。讃岐うどんなどはかなり太いので茹でるのに十分前後かかる。単純に、この茹でる時間をいかに待つかというのが一人で支度をする時には結構大事なんでありますね。茹で上がったうどんに鰹節ともみ海苔を入れる。醬油を注ぎ、素早くかき回して素早く食う。これが結構うまいのだ。

この食べ方は日本一のうどん王国・高松で知った。高松はとにかくうどん大国で、街を歩くと至るところうどん屋だらけだ。うどん屋薬屋花屋うどん屋靴屋パン屋本屋うどん屋喫茶店電気屋うどん屋帽子屋うどん屋、という具合で五十メートル歩くと五〜六軒はうどん屋がある。喫茶店に入るとコーヒーや紅茶といったメニューの下に「すうどん」とあるぐらいだ。

数有るうどんの食べ方のなかで地元の人が平均的に「これは絶対」というのが「ぶっかけ」と称する、茹でたばかりのうどんに切りゴマを振りかけ生姜《しょうが》を入れ好みで鰹節やわけぎなど投入、醬油で味をつけてわしわし食っていく、というものである。これはそのあたりの立ち食いうどん屋のメニューから始まってそこそこ上品なうどん屋に至るまでメニューにあるのでどうやらこれが高松の人が一番好きらしい。この食い方を範としていま申しあげたその我流のものを、我が仕事場の唯一にして絶対の黄金うどんメニューとしているのだ。

最近、人から貰った韓国の味付け海苔をこのうどんに試しに入れてみた。ぼくは味付け海苔というものをかねてから軽蔑していた。海苔を作る過程でやや品質が劣るものの味を誤魔化すためにわざわざ味を付けるのだと誰かから聞いたことがあったし、そもそも海苔に味を付けること自体にそんなしゃらくさいものを誰が食うか、という気があった。

であるから馬鹿にして味付け海苔を食べなかったのだが、その時は、貰い物の韓国の海苔しかなかったのである。仕方なくそれをいつものようにうどんに投入して食べてみたのだが、これが実に「ややや」「むむむ」的に我が身のうちを揺さぶったのである。

なんというか実に味に深みがあってよいのだ。韓国の海苔は元々極薄のものが多いのだが、そこに味を付けることにより、何か海苔とは別の風合いを醸しだしていて、これがまた五島のうどんとよく合うのである。鰹節とも和合している。三味一体というやつだ。

そうだ、忘れていた。この高松風ぶっかけうどんのポイントの一つは、うまい鰹節を使う、ということである。鰹節は、立川にある三上鰹節店で買った。グラムにすると肉よりも高い超高級鰹節である。その薄く削られたひらひらのひとつひとつが、桜の花びらと見紛《みまが》うばかりの美麗極上鰹節なのだ。

この即席うどん料理はどちらかというと深夜の空腹時向きだけれど、勿論昼にもいい。場合によっては朝だってかまわない。そんな懐の深い慈愛に満ちた救済食である。もう一ついいところは、食いおわったあとに洗う物が少ないことだ。

麵と我が自作料理の歴史は長い。元々大の麵好きで一日一回麵を食べないと気が済まない。一日一めん。麵だったらなんでもいい。ラーメン、ソーメン、ひやむぎ、うどん、蕎麦、きしめん、スパゲティ、焼きそばに冷し中華、少々気配は異なるが山梨のほうとう、あるいはビーフン、場合によっては春雨・葛切りの類《たぐい》でもよい。それらもなければちょっと長めのもやしでもいいぞ、という最後の気構えだってあるのだ。

学生の頃、六本木のニコラスというピザ屋で皿洗いのアルバイトをしていたことがある。その時地下にある厨房にイタリア人のコックがいて、彼は暇な時には時々本場イタリアのスパゲティの作り方を教えてくれた。

スパゲティは要するに茹でることが勝負だと知った。茹ですぎてはいけない。しかしだからといって早く引き上げすぎて中に芯が残る状態ではいけない。湯からザルに上げたスパゲティが自らの熱で全て丁度いいところまで茹で上がる、その見極めが大切だ。つまり勇気と決断の料理なのだ。

このイタリア人コックの手ほどきもあってスパゲティ料理には随分凝った時期があった。子ども達がまだ小さい頃は、「お腹がへった」と帰ってくる彼らの声を聞くと、家でごろごろしている物書きのぼくは鷹揚《おうよう》に「よしよし」と手早くスパゲティをこしらえてやったものだ。その頃凝っていたものにはやたらにトマト絡みのものがあった。玉葱《たまねぎ》を炒めてそこにアサリの缶詰をまるごと入れ、トマトのぶつ切りを加えたソースを作る。味付けはその時の気分で適当である。それを茹で上げたばかりのスパゲティにかけるとできあがり。みんな笑ってシアワセな顔になるのだ。

キャンプ料理で意外に手が掛からないのがソーメン類で、水が豊富にあれば実に野趣溢れる贅沢メニューとなる。だしはきちんととるのがよいのだが、市販のだしでもいける。冷たい谷川の水でよく洗ったソーメンに、たっぷりと様々な薬味を用意して、争うようにしてわしわしして食う昼飯のソーメンは、キャンプ料理の王道カレーライスに並ぶくらいのゴールデンメニューかもしれない。

沖縄のソーミンチャンプルーも、キャンプに適した麺料理である。沖縄の人はなんでもチャンプルーにしてしまう。チャンプルーというのは「かき回す」と「炒める」という意味が含まれた言葉であるという。東南アジアに行くとチャンプルーを基本にした言葉で焼き飯や焼きそばを指すことがある。長崎のチャンポンなどもその変形だろう。

沖縄の人がよく作るソーミンチャンプルーは茹でたソーメンをラードで炒めて、そこにツナ缶を混ぜるというものだ。ツナ以外にマグロ缶、サバ缶でもいいそうだ。下品だけれど、ほどよく茹で上がったソーメンにはことのほかよく合う。醬油味の適量が決め手のような気がする。

山キャンプで威力を発揮するのは意外にも天ぷらうどんである。天ぷらは面倒そうに思えるが至って簡単で、少量の油さえあれば携帯用ガスコンロで作れるのだ。ぼくの友人のなかに天ぷら名人がいて、同時に野草研究家でもある。行く先々で食える葉っぱをどんどん採って、それをキャンプ地で天ぷらにしてしまう。天ぷらはうどんで食うのがいちばんよろしい。現地調達の葉っぱの天ぷらが多いから、食いすぎるとなんとなく青虫になったような気がするが、油と葉っぱと鰹のだしがまことにうまくミックスしていて、これも酒宴の後の食事には絶品である。

この頃の我が麺人生の中においてニューフェース的注目株は韓国冷麺である。韓国冷麺はなぜか日本では盛岡が燃えていて、高松のうどん屋と同じく街の至るところに冷麺屋がある。どこもなかなか旨いので、仕事で出かけた帰りにいくつかみやげに買って帰った。これがまことに簡単でよろしい。麺そのものもわずか一〜二分で茹で上がってしまうし、後はスープに麺を投入すればできあがり。その上にキムチや適当な野菜をのせればお店で食べるのと変わらないものができる。

これをキャンプに使わない手はないと思い、つい最近のキャンプでは夜食にこの冷麺を用意した。メンバーは大勢いたけれどそれぞれが食べたい時に勝手に作ることができる。あつい焚き火の周りで食べるには、この冷麺の冷たさがほどよくよろしい。

盛岡は冷麺のほかにジャージャー麺が力を付けてきた。東京の味噌仕立てのジャージャー麺とは少し違っていて、盛岡風味噌ひもかわとでもいうものだ。

各地の麺類文化の比較というのもおもしろく、味噌では名古屋の味噌煮込みうどんが横綱だろう。名古屋にはいくつかの老舗《しにせ》の味噌煮込みうどん屋があるが、名古屋の味噌煮込みうどんのうどんはたいへん固い。この固い麺をがしがし食うのがコツである。驚くことにこの味噌煮込みうどんをおかずにご飯を食べるのが名古屋ふうだという。

名古屋のもう一つの名物はきしめんである。

きしめんのあのひもかわ状の幅広仕立てはその形態によってだしを効率よく早く吸収させるという工夫もあるらしい。経済的だ、というのだ。名古屋のきしめんをうーむ旨いなあと唸《うな》って食べた記憶がない。まだ本当に旨い店に行ってないのかもしれないが、気軽にずっと食べる種類のものであるらしいから、それはそういうものでいいのかもしれない。きしめんのポイントは、上に載っている大量の鰹節にあるような気がする。

麺話で一つ忘れていたのは、沖縄そばのことだ。沖縄ではそばのことをスバと言う。沖縄本島近辺のそばと、石垣島を含む八重山群島のそばは違う。ぼくは沖縄そばより八重山そばのほうが好きだ。そばといってもそばより太く、うどんより少々細い。沖縄スバとしか言いようのない形態と味だ。どういうわけか沖縄も八重山もたいていスープがぬるい。もっと熱いスープで食べてみたいのだが、南の暑い島では熱くして食べないという風土習慣があるのかもしれない。

夢・幻の時は過ぎ

梁石日

私はいま、奈良県大和高田市有井のとあるビジネスホテルの狭い一室でこの原稿を書いている。小説を書くようになって十七年になるが、旅先で原稿を書いたのははじめてである。ビジネスホテルの前には小さな川が流れ、土堤《どて》沿いに整備された歩道と大きな木が視界の届く限り続いている。さわやかな空気と蟬《せみ》の啼《な》き声と、ときどきゆっくり通過して行く車の音がゆったりした時を刻んでいる。じつをいうと昨日まで私はまったくハードな時間を過ごしていた。

では、なぜ私は奈良県大和高田市有井のとあるビジネスホテルの一室にいるのか？ それは映画に出演するためなのである。こういうと読者は怪訝《けげん》に思われるだろうが、私自身なぜ映画に出演するようになったのか、よくわからないのだ。

劇団・新宿梁山泊の座長金守珍から電話が掛かってきたのは八月の一日か二日だっ

たと思う。彼は張りのある明るい声で、韓国の映画監督・朴哲洙氏が梁さんにぜひ会いたいと言っておられるので三日の月曜日に会ってくれませんかという電話だった。とりたてて拒否する理由がない以上、私は誰とでも会うことを旨としているので、月曜日の夕方、私のマンションで会うことにした。そして三日の夕方、金守珍は朴哲洙監督と製作部の尹女史を案内して私のマンションにやってきた。黒縁のメガネを掛け、少し口髭と顎鬚《あごひげ》をたくわえた五十歳過ぎの朴哲洙監督はちゃめっけのある顔をしていたが、眼は鋭かった。製作部の尹女史もメガネを掛けていて、日本語の達者なやさしい女性だった。金守珍もいつのころからか口髭と顎鬚をたくわえており、闊達で明快な語り口は以前にもまして魅力的であった。

不精な私はマンションの一階の神戸屋レストランで買ったシチューとハンバーグをとりあえず酒の肴《さかな》にしてビールをすすめた。そしてビールを飲みはじめて間もなく金守珍は朴哲洙監督が私に会いに来た意図を説明した。だが、金守珍の話は私にとっていささか突飛なものだった。というのも今度朴哲洙監督が撮る映画にぜひ私を使いたいというのである。しかもその映画は柳美里の芥川賞受賞作「家族シネマ」で、その「家族シネマ」の父の役に出演してほしいとのことだった。柳美里の「家族シネマ」

は私も読んでいたし、韓国で映画化されるという話も新聞か何かで知っていたので近々完成して上映されるのではないかと思っていた。その「家族シネマ」の父の役に出演してほしいと急にいわれても、私としてはジョークのようなもので、ただ面白半分に笑って聞き流すしかなかったのだが、朴哲洙監督も製作部の尹女史も金守珍もどうやら本気らしく、私は返事に窮してしまった。「家族シネマ」の父の役といえば主役に等しく、私のような素人が主役に等しい役を演じるのは不可能であると断わると、すかさず朴哲洙監督と金守珍は、この映画の父の役は素人でなければ駄目で、その素人の役は梁さん以外に考えられないと迫ってくるのだった。彼らから何度も役柄を強調され、迫られて、私の持って生まれた助平根性がしだいにむずがゆさを覚えはじめたのを、この際、正直に告白しておかねばならない。異端にして正統な朴哲洙監督と金守珍の熱弁を聞かされているうちに、彼らと何かができれば、こんな愉快なことがあるだろうか、と思った。いまさら恥をかいて笑い者になるのを恐れるような私の人生だろうか。私は自己暗示にかかりやすい性格だが（そのためにこりもせず何度も失敗をくり返してきたのだが）、このときもすでに自己暗示にかかっていたといえる。大いなる自己暗示こそ創造の秘訣であると、私は勝手に思い込んでいる。

朴哲洙監督の映画と芸術に対する考えはなかなか興味深いものであった。それに人をおだてて乗せるのがうまい。いつの間にか朴哲洙監督と金守珍は私の出演を前提に話をすすめていた。既成事実を積み上げげて、気がついてみると私は映画製作の真っただ中にいるといった状態になっているだろうという予感をさせる二人の会話であった。私たちは十時過ぎまで飲みながら歓談して別れた。別れ際に、このつぎは新宿の「新洞」という韓国料理店で会いましょうと金守珍がにっこり笑った。彼のあの童顔の笑顔に私は抵抗できない。私は頷《うなず》いて約束した。

この時点まで私が映画に出演するかどうかは決まっていなかった。私も自分の意思を保留していたからだ。それに監督のイメージは二転、三転するにちがいないと思っていた。素人がいいとはいえ、主役に等しい役を素人にやらせるのはあまりにも負荷が大きすぎる。この役はやはりベテランの男優を使うことになるだろうと私は鷹揚《おうよう》に考えていた。そして三日後、私は新宿の「新洞」という韓国料理店に赴いた。店は風林会館交差点のすぐ近くだった。二階にある店の前までくると、トーンの高い陽気な金守珍の声が聞こえてきた。店に入ると壁際の座敷のテーブルで金守珍をはじめ、何人かの男女がすでに酒盛りをしていた。金守珍は店に入った私を見るなり、

「梁さん、こちらへきて下さい」

と大声で奥の席に案内してくれた。何から何まで気くばりが徹底している。テーブルには副監督の金泰植氏と先日会った製作部の尹女史、娘の羊子役に内定している在日の新進舞台女優、裏方のスタッフなどがいた。とりあえず私がビールで挨拶がわりに乾杯して飲んでいるところへ朴哲洙監督が現れた。彼はたえず周囲の者にエネルギーを放射し、その放射したエネルギーをふたたび自分の体内に吸収していくのだった。韓国から成田空港に着いたその足で、この店に直行してきた彼は、手提げ袋から小包を取り出し包装してある銀紙を開いて言った。

「これはソウルでも有名な店の鶏の丸焼きです。一つはみんなで食べ、一つは梁さんに持って帰ってもらって、奥さんと食べて下さい。じつにおいしい鶏です」

それから朴哲洙監督は丸焼きの鶏を両手に持ってちぎり、みんなにすすめながら食べはじめた。彼はよく飲み、よく食べ、よく喋る。映画製作に向かって走りだしている彼は、すでにハイな気分になっていた。横溢《おういつ》してくるエネルギーを持てあましているようだった。金守珍も朴哲洙監督に劣らずハイな気分になっている。この店のママが金守珍と民族学校の同窓生ということもあって、まるで自分の家で来客をもてなしているような感じだった。

「家族シネマ」はどんな映画になるのか、みんなの会話はそのことに集中し、現実と映画の世界を行きつもどりつしながらはずんでいた。それらの会話を私は他人《ひと》ごとのように聞いていた。そしてもっとも重要な母の役がいまだに決まっていなかった。何人かの女優の名が上がっており、それぞれベテランで個性的な女優だった。けれども年齢や日程が合わず選択にかなり苦慮していた。撮影隊の本隊が設営される場所は奈良だという。なぜ奈良なのかよくわからなかったが、この映画には三、四軒の家が必要であり、東京と横浜で借りようと交渉してみたものの貸してくれる人がおらず、そのうえ金額も高く、奈良にいる在日韓国人の好意によって本隊の宿舎を提供してもらうことができたので、奈良に設営することにしたのだそうだ。奈良の宿舎には韓国の撮影隊のスタッフ三十数名と三名の賄《まかな》い係がやってくるとのことだった。そのあと八月十二日に日本の役者が奈良に集合することになっている。その日は八月六日だったので、六日後に日本側スタッフは奈良へ行かねばならない。すでに映画製作は始動しているといっていい状態なのである。したがって、私が保留したり、断わったりする時間的猶予は与えられていないのだった。面白くなってきた、いいぞ、いいぞ、と私は他人ごとのように高みの見物をきめ込んでいた。映画の主役をやることがどういうことであり、映画の現場がどういうものであり、その結果、何が起きるのか、まったくわからない私は、朴哲洙監督と金守珍の熱気にあてられてアルコールをあおり、渓流を下っていく筏《いかだ》に乗せられようとしていた。何も知らないということほど、恐ろしいものはない。

韓国料理店を出た私たちは、私の行きつけのスナック「ふく」で二次会をやることにした。「ふく」に着くと、私はもう父の役を演じることになっていた。役者でもある「ふく」のマスターやその他、従業員や馴染みの客たちが驚いていた。

マスターが私に、

「やめたほうがいいですよ。大変なことになります。体がボロボロになりますから。原稿はどうするんです？」

と耳もとで呟《つぶや》いた。

私の頭の中から原稿やインタビューのことなど吹っ飛んでいた。じつはこの映画はベルリン映画祭に出品されることになっていた。少し酩酊《めいてい》していた私はすかさず言った。

「ベルリン映画祭で主演男優賞をとり、ハリウッドに招待されて、シャロン・ストーンとラブストーリーの寝物語をやりたいのだ」

するとみんなが爆笑し、朴哲洙と金守珍は、

「おお！　やれ、やれ、いいね！」

と拍手してはやしたてるのだった。豚もおだてれば木に登るというが、私は次第に豚になりつつあった。

みんなはカラオケを歌いだし、怪しげな夜は更けていく。この先どうなるのか？　誰にもわからない。本当の話なのか、嘘の話なのか、それもわからない。夢のようでもあり、現実のようでもある。

ぶらん

伊集院静

　九月の晦日の朝、義弟が急死した報せが、出版社に勤めるS君から電話で入った。S君は義弟の職場の上司で、私の小説の担当も数年してもらっていた。そんな関係で、義弟の妻である私の妹よりも先に連絡をしてくれたのだろう。礼を述べて電話を置き、私はしばらく居間の椅子に座っていた。音を消したままで点《つ》けっ放しにしておいた競輪中継のテレビ画面をぼんやりと見て、そうか死んでしまったか……と思った。バンクの中を走るカラフルな選手のユニホームが妙にあざやかに映った。死は唐突にやってくる。人の死に慣れるようになった。それでも年に何人かの知人、友人が亡くなると、いろいろと考える。その人と己の係《かかわ》りや、ともに過ごした時間などがぽつぽつと浮かぶ。

　この春先、義弟は病院で難病が発覚し、今の医学の力では手術が叶わず、子供のなかった妹夫婦は日本のあちこちへ治療の旅へ出かけた。せつない旅ではあったろうが、二人とも懸命に日々を過ごしていたらしい。旅先から義弟の綴った葉書ももらった。義弟は筆まめな気質で、十数年前、私の小文の担当をしてくれていた週刊誌の記者時代も海外から何度も丁寧な書簡をもらったのをよく覚えている。治療先の温泉名所が描いてある絵葉書は、義弟の手元が悪かったのだろう、筆跡がやや乱れていた。しかし文面はしっかりしており、夫婦で治療に専念し仕事に復帰したいという旨が綴ってあった。それで安堵していたら、突然の訃報である。妹はどうしているのだろうかと思った。そのうち連絡があるだろうと思っていたが、来なかった。動転をしていたのかもしれない。程なく田舎の母や東京に住む姉から連絡が入り、仙台にいた私は取り敢えず上京することにした。丁度、義兄が仙台に出張で出向いていたので、駅で待ち合わせ電車に乗った。義兄は普段から妹夫婦とつき合いがあり、二人の様子をよく知っていた。意外な話もあったが、ともかく夫婦は治療に懸命であったらしい。東京駅に着いたら義弟の家へ直行し、悔みを述べ、妹の様子も見ようという義兄の話に私はうなずいていた。社会的常識が欠落している私と違って義兄は老舗《しにせ》の会社の経営者でもあり、この手のことに長《た》けていた。電車が大宮駅を過ぎたあたりから車窓に走る雨垂れの粒が大きくなった。上野周辺の街の灯がにじんでいる。雨に濡れた弔問客の黒い影が繁華街のネオンの灯にまぎれて失せた……。
なるたけ通夜、葬儀には行かないようにしている。通夜も葬儀も疲れる。特に人が涙ぐんでいたりするのを見ると、具合いが悪くなる。腹が立つこともある。ここ数年そういう感情が起こる。葬儀での坊主の態度や説教も、気分が悪くなる。わかったようなことを平気で口にしている坊主を見ていると、根っからの悪党か、でなければ相当に頭が悪いのだろうと、その場を立ち去りたくなる。

年明け、麻布の借家の天井が落ちた。畳半畳分の大きさだが、床に転がっていた天井の破片の厚さは七、八センチあった。たまたまその部屋が物置きに使われていたので家の者に怪我は無かったが、ひとつ間違えば難儀なことになっていた。天井にぽっかりあいた穴と、そこから洩れ続ける水を見ていて家人が逆上した。普段は愚鈍と思えるほどのんびりしている人間が、いったん怒るとなかなかおさまりのつけ方を知らないらしい。借家は古いマンションで天井が落ちた原因は上に住む家の水洩れらしいのだが、上の住人は政治家の家族で、私はあまり接したくなかったので家人がいろいろと打ち合わせていた。打ち合わせても建物自体に欠陥があるのだから埒《らち》はあかない。大家はパキスタン人で、これもまた要領を得ず、どこでどうなったか引っ越すことになった。それで春のはじめだと思ったが、雀荘で三日ばかり遊んで帰ると、私の荷物の入った鞄ひとつががらんとした家にぽつんとあった。家具が失せると家はひろびろとして何やら清々しい風景だった。床にしゃがんで煙草を吸っていると、天井を走る鼠の足音が聞こえた。この家もしばらくは鼠の遊び場になるのだろうと思った。カーテンの外された南の窓に隣家の大きな欅《けやき》の木が宵の風に葉を揺らしていた。木は歩くことはできない。人は動ける分だけうろうろする。

遺体が安置されている義弟の実家は代々木にあった。場所がわかりづらかった。義兄と二人で家を探していると、丁度弔問にやってきた実姉と甥、姪の三人にでくわした。学生服とセーラー服が薄闇で顔を寄せ合っている姿を見つけたとき、どことなく淫靡《いんび》で、懐かしい気分がした。義弟の家は、戦前からそこにあったような平屋造りの清穏な佇《たたず》まいをしていた。庭にあった木を見て少年の頃、義弟が遊んでいたのだろうかと思った。死顔は少し髯が伸びていた。妹もそんなに悴《やつ》れてはいなかった。弔問の帰り道で甥が、先刻の義弟の髯のことを私に聞いた。死んでも髯は伸びるのだと説明すると、髯だけが生きているのかと聞いた。そんなことまではわからないと返答しても質問をやめない。面倒臭くなり棺の中の死体と今髯の話をしている私たちもたいした違いはないのだと私が言うと、甥は益々怪訝そうな目をして、死んでることも生きてることも同じなのかと食い下がった。そういうことだと話していると実姉が来て、息子に変な話をしないでくれと言われた。別れ際に甥は、今度麻雀を教えて欲しいと言った。たしか十年近く前、彼が小学生の時も同じことを言われた。甥に、私はどう見えているのだろうかと思った。

ここ半年くらい、それ以上かもしれないが、私は仕事をしなかった。ただぶらぶらしていた。去年の暮れに何本かの連載小説に区切りがついたこともあったが、特別理由もなくぼんやりしていた。連載が終わったものを出版するように言われたが、それも面倒で、ぶらりと旅へ出て、雀荘の隅で寝食し、競輪場のある街の宿にひとりで居た。少し疲れていたのかもしれないが、麻雀を三日、四日やっても平気だったから、体力の問題ではないのだろう。何かこう、身体から軸のようなものが失せて、自分がぶらんとしている感じだった。そういう時間に慣れてくると、それ以外はできないという体質になり、奇妙な快楽につつまれる。何かをしたり考えたりすることがひどく怖いことに思えて、ましてや己の頭の中に浮かんだものを文章に書き、他人に語ることは、私の遊び仲間がよく口にする、〝ずいぶんなことを平気な顔でやってしまう連中〟そのものではと思ったりした。それでも連中に小説の話をする時は（まあほとんどそんな機会はないが）、作家は己のことを掘り下げテーマに対峙して、それを懸命に原稿にしているのだと口にするものの、やはり連中の目の前に起こる事象への端的な判断力はあながち違ってもいない気がした。彼等もどこかで偓促《あくせく》と働き、平気な顔で遊び場にあらわれ捨てぜりふを吐き去っていくのだろうから。誰も皆本当のところはどう生きているのかわからない。ただ彼等には知というものに妙な憧れがあり、その憧れ以上に知に係る人間への嫌悪がある。芸術の可能性などという言葉を耳にすれば、一瞬戸惑った顔はするが、すぐに大笑いをしてしまう。〝そこを演じ切らなくちゃ、先に進まないでしょうに……〟連中はよく言う。彼等が言うところの絵図、すなわち状況を突破するには（たとえば、悪事をしようとする時、厄介事を解決する時など……）人間は敢えて演じるものらしい。言われた意味合いをよく考えてみればそのとおりで、私もまた少なからず演じてきたのだろう。

火葬場の建物は結婚式場のようなところで場内にはエスカレーターもついていた。次から次に葬儀を終えた集団が棺桶と一緒にやってきて、骨の入った箱を先頭に去っていく。奇妙な光景だった。私はこの手のセレモニーが苦手で遠くから見物していた。参列者の多い集団、数人きりの集団、棺を火葬炉に入れる前に讃美歌を合唱しはじめた集団など珍しいものを見た。骨を拾った家人は、義弟の骨が多かったと言っていた。火葬場で働く人間を見ていたが、遺族の前に立った折の表情と仲間内で雑談している表情の差には感心した。それを見ていて、葬儀で泣いていた人の顔が浮かび、少しおそろしくなった。火葬場で甥の姿を探したが、学校の授業があるので来ていなかった。その夜、新宿の雀荘に甥を連れていき遊び場を見せようと思ったが叶わなかった。少年の目で見て、そこにある彩色、陰影、人間臭、音、威勢、気配のようなものをどう判断するかでいいと思った。人間はほとんどが半端である。それがいけないと説く者がいるが、ほとんどが半端なら半端が人間そのものなのだろう。あとは程度の問題で、八十歳の死なら大往生で、十歳二十歳の死は早世で哀しいことになるという訳のわからないことと同じで、死は死で、そうであったということでしかない。

今夏、スペインに画家たちの軌跡を辿って一ヵ月程の旅をした。ゴヤの生地や墓を見たりしたが、さほど興味を引かれるものはなかった。そこでも予定の半分以上を取りやめて、ぶらぶらしていた。ダリは見ていて疲れたし、ゴヤの絵も『黒い絵』の一部以外は面白くはなかった。ミロにいたっては難解で、美術館員の説明も的を外れていて、そんなことを説明される方も説明する方も可哀相な気がした。ただミロには奇妙な安堵を感じた。どこから生じるものかわからないが、ここしばらくミロの絵を見ている。たぶん、わからないだろうが……。春先から半年余りぶらぶらして、引っ越し先が落着いたと連絡があり、秋のはじめに仙台へ行った。ひどい田舎だった。

通夜、葬儀の間、ホテルの部屋でこの冊子の版元から出版される作品の校正をしていた。贋《にせ》おとぎ話のようなもので、作業中も吐息ばかりだった。作業を終え、二日ばかり遊んで仙台へ戻った。戻るのか出かけるのかよくわからないが、義弟がもう死んでしまったのだということが何となく電車の中で実感できた。私が小説を書きはじめた時に当時暮らしていた逗子の古いホテルに義弟は訪ねてきた。熱い語り口調と澄んだ目が印象的だった。器用、不器用でいうと不器用な方の人間だった。正直であったのだろう。早く代表作を書いて下さいとも言っていた。困ったことを言うなと思った。普段、含羞《がんしゅう》を見せる義弟が平気でそんなことを、小説に対して口にしていたのだから、やはり不器用だったのだろう。それでも義弟には感謝することが多くあったのを電車の中であらためて思った。仙台は雨であった。タクシーの窓から照明に浮かんだ大通りの欅の葉が美しかった。今夏、マドリードで見上げた楡《にれ》の木も見事であった。木はずいぶんと長生きをする。

ゆうれいの下駄

連城三紀彦

この夏も、またも懲りずに舞台の演出をやった。『またも』というのは三度目だから。『懲りずに』というのは、前の二度でその大変さをイヤというほど頭と体にたたき込まれたはずだったから。

今回も千秋楽の幕が下りると同時に寝こんでしまうほど疲れ果てたが、それでも決して『辛かっただけ』とは言い切れず……このちょっとした余韻が、中毒化につながるらしい。

今年やった芝居は、映画化でも話題を呼んだ『居酒屋ゆうれい』、山本昌代さんの原作を自己流にふくらませ、演じた中田喜子さんは目をみはるほどの美しさだったが、ドラマとしては贅肉いっぱいの肥りすぎた連城版『ゆうれい』だったかもしれない。

ご存じの方も多いだろうが、再婚した居酒屋の主人のもとへ、死んだ女房が『生前の約束をよくも破ったね』と恨んで出てくる話だ。

原作のゆうれいには足がある。足のあるゆうれいの面白さをどう出すかで、素人演出家に『腕』があるかどうかが試される……そう考えた。

ただ、稽古のはじめから、僕には一つ『?』があった。

このゆうれい、足がある以上、下駄を履くのだろうか?

稽古ではもっと重要な問題が次々に発生しているのに、その方は適当に逃げ、頭のすみでそのことばかり考えつづけた。

足袋《たび》を履くのは構わない。靴下や足袋は足の一部である。だが、下駄は体から切り離されたものであり、下駄を履いた瞬間、生身になりすぎてゆうれいがゆうれいでなくなってしまいそうな気がしてならない。

山本さんの原作は長屋噺《ばなし》のおもしろさであり、ゆうれいにも生活臭がぷんぷんしている。舞台も所帯じみたゆうれいを狙ってはいるものの、あくまでゆうれいであって生きた人間であっては困るのである。

よく『靴一つでせっかくのおシャレが台無しになる』とおシャレの専門家が言うが、下駄一つでゆうれいが台無しになりそうな気がしてならなかった。

稽古はそれなりに順調に進んでいるのだが、僕は中田喜子さんに、いつ、『本番の店のシーンではどうしましょうか。何か履きます？』と訊かれるか、ひやひやしていた。

そして、稽古数日目のこと、とうとうその時は来たのだった。

休憩中に後妻の方を演じる宮崎淑子さんが、中田さんと談笑しており、ふと「本番の時、下駄か草履を履きます？」と訊いたのだ。

そばにいた僕は、ひやひやが『ドキリ』になったのだが、素知らぬ顔で黙々とパンをかじっていた。ところが、中田さんは僕の方をふり向くこともなく、「履くわよぉ。店のシーンではやっぱり履かないとね」と一言……。それで終わってしまった。僕の頭の中では大論争を起こしていた問題が、女優さん二人には雑談の合間の一言二言で片づく末梢事だったのだ。

思うに中田さんも一応ゆうれいの履物にはこだわったのだが、体ごとゆうれいになれば、履物も体の一部になるという女優としての自信があったのだ。事実、本番の舞台で（着物に合わせて下駄の予定が草履になったのだが）中田さんは足の爪先……いや、草履まで見事にゆうれいになりきってくれていた。

子供のころ、よく家に出入りしていた四十近い奥さんがいた。母の友だちで、旦那の放蕩《ほうとう》のグチを母にこぼしにきていたのだ。

ウチも似たようなものだったから母も大きくうなずいて、そのグチに耳を傾けていた。

その奥さんが不意に来なくなり、病院に入ったという話を聞かされた。神経衰弱、今でいうノイローゼのようなものだったろう。

「旦那が女に逢いにいくのがわかっているのに、あの人わざわざ玄関に旦那の下駄をきちんと揃えて出すって。それで旦那がその下駄を履こうとすると突然、土間にとびおりて下駄の鼻緒を嚙みちぎろうとするって……」

部屋の隅で背をむけている父に聞こえるような大声で、母は子供たちにそんな話をした。

父親にどれだけの効果があったかはわからないが、まだ小学生だった僕には響いた。

その後僕はトランプの神経衰弱という遊びが嫌いになったし、四十年以上経った今も、『嫉妬』というと、女の人が髪をふりみだして下駄の鼻緒を嚙んでいる姿が浮かんでしまう。トラウマ……などと言ったら大げさだが、かすり傷程度には痛い思い出である。

それなのに僕は下駄が大好きである。坊主になってからも衣を着る時は雪駄《せった》より好んで下駄を履く。最近の道路はつるつるしていてすべりそうになるけれど、ヨチヨチ歩いていると『ああ、まだまだ坊主一年生だな』と反省し、修行にもなるのである。

一年前、舞台のキャスティングを決める際に西山浩司君に会った時、下駄の似合いそうな若者というのが第一印象だった。欽ドンのワル男……ガクラン……下駄という連想が僕の頭にあったのかもしれない。

ゆうれいの下駄には悩んだものの、西山君に居酒屋の店員をやらせ下駄を履かせることは簡単に決まり、この『克ちゃん』と親子ほど歳の離れた客の女医さんとが恋をするという原作にはない話を作らせてもらった。

店の外の路地裏で、克ちゃんが片思いの相手に渡そうとしたラヴレターを突っ返され、いじけて破ろうとしているところへ、通りかかった女医さんが「私が代わりに読もうか、その手紙」と声をかけるシーンを書いた。ただの店員と客が、その瞬間『男』と『女』になる、重要なシーンだ。

女医役はベテランの長内美那子さん。

ところが困ったことに、西山君は三十代後半にして奇跡的な少年っぽさを残しているし、長内さんもテレビや舞台で見せる貫禄からは想像もつかない女子高生のような初々しさである。なかなか『男と女』になってくれない。

西山君は履き慣れるために稽古の際から下駄を履いていたので、僕は石段の上から店員が下駄を落とし、それを女医さんが拾うという演出プランを立てた。靴にしろ下駄にしろ、よくエロチックな小道具として小説や映画に登場する。

ところが稽古の途中で、石段が実際の舞台では隅っこになって観客にはよく見えないらしいとわかった。困って、僕は稽古後一緒に飲んでいる時に、「下駄を何とかうまく使いたいんだけど……」とグチをこぼした。

翌日の稽古で西山君がふっと僕に近寄り、

「あのう、昨日の下駄のこと、長内さんと相談して……やってみますから見ててください」

と言った。さりげない声だったが自信に満ちていて、僕は意地悪く『だったら見せていただきましょうか』という傲慢な顔つきで腕組みをして眺めることにした。

西山君が突き返されたラヴレターを地面に叩きつける。長内さんがちょっと同情して、「代わりに読もうか、その手紙」としゃがみこんでそれを拾おうとする。

その瞬間、西山君の足が伸びて下駄で手紙を踏みつけて止める。長内さんはハッとして、手を止める。二人、見つめ合う……。

『やられた』

と思った。乱暴な若者の下駄音と宙に浮いてとまどう女医さんの手……見事に『男』の足と『女』の手だった。

「克ちゃん、もっと荒っぽく手紙を踏みつけて。長内さん、克ちゃんの体に沿って目をあげながらゆっくり立ち上がってください。そこから音楽入れます」

演出家なら役者に出しぬかれムッツリしていなければならないところを、そこは『素人』の強み（?）、僕は嬉々としてそう叫んでいた。

その晩また一緒に飲んだ際、

「僕より、僕らしい演出だよ、あれ」

素直に礼を言ったら、西山君は「本当に？　全然自信なかったけど」と嬉しそうに笑った。稽古場で見せた『男』の顔ではなく、いつもの『少年』の方の笑顔だった。

　これで自信をつけたのか、若者の中の『男』を西山君は見事に演じきり、無事に幕が下りて数日後、その西山君から小包が届いた。

　稽古の時から舞台の千秋楽まで履きとおした下駄の片方である。『もう一方は自分の思い出にさせてもらいます』という手紙がついていた。昔北海道旅行の際に買ったものだという下駄には『霧の摩周湖』という字が大きく書かれ、いかにも土産物屋の安っぽさなのだが、ゆうれいとは違い一人の役者さんの生きた足の息づかいを吸いとっていてさりげなく温かい。

　僕はいっそう下駄が好きになった。

　あれからはや三カ月。

　先日、大学生三人と飲む機会があり、店を出た瞬間、学生どもが「センセイ、なに？　そのスニーカー」と笑いだした。

　舞台での本稽古が始まった時、舞台の上を歩きやすいようにと助手に買いにいかせた運動靴である。今は『スニーカー』と呼び、ブランド物もあって「一万円です」と聞いてびっくりしたが、とても軽くて履きやすい。舞台が終わった後もそのまま履きつづけていたのを、大学生たちは奢《おご》ってもらった恩も忘れ、「似合わないっ！　恥ずかしいっ！」と年寄りの冷水《ひやみず》なみに笑うこと笑うこと……。

夏のあいだ、演出家としても身軽になったものと錯覚して得意気に舞台を歩きまわっていた我が姿を思いだし、冷笑を浴びせられた気がした。

仏教の教えは『他人の足もとより自分の足もとを見なさい』ということに尽きる。心配しなければいけなかったのはゆうれいや克ちゃんの下駄よりも、足もとの定まらない素人演出家の履物の方であった。

六十代

山田太一

年齢が、面白い。

当り前だが、三十代は三十代にならないと体験できない。よくも悪くも二十代には想像しなかったことを実感する。発見する。

四十代にも五十代にも、その年になってはじめて自分のものになる思考、発見、経験、感慨がある。

性欲ひとつとってみても、無論十年ひと区切りで変るものではないが三十代と五十代でははっきりちがう。

それはしかし三十代に想像していたような、体力の衰えで熱度が低くなるとか淡白になるとかいうことでもない。むしろ三十代のほうが性欲については周囲が寛大であり、五十代の性欲は（恋は、といってもいい）格段に障壁がある。世間の目も、相手の目も、自分の内部の目もずっときびしい。生理的にはともかく、気持の熱度はかえって高くなってしまうこともある。

私には少し綺麗事好きなところがあるから一般論にはできないが、六十代になってやっと、たとえば大野誠夫《のぶお》氏の「肉体の交りのなき恋愛を清きものとも思わずなりぬ」というような短歌が無理なく心に落ちるようになった。

もっともいまでは十代にして無理なくそう思っている人もいるだろうから、これは個別な話である。多少は世代的なものがあるかもしれない。

十代の後半に、高橋新吉の「無意味」という詩を読んだ。その時の読後の感じをいまでも憶《おぼ》えている。詩は、この世のことになんの意味があるだろうというようなことで、

「夜が更けたことに何の意味があらう
人が死ぬ事に何の意味があらう
雪の降ることに何の意味があらう
花が美しいことに何の意味があらう」

と手あたり次第に「無意味」を数えあげて行く。昭和十一年刊の詩集だから「あろう」が「あらう」とかなっている。

「鶏が鳴く声は無意味である（略）
ラヂオを聞く事は無意味である
政治を改革することは無意味である（略）
一切の事実は無意味である
生きてゐる事も又無意味である」

こういう思いに少年期のどこかでとらわれた人は少くないだろう。そして高橋新吉は、終りを次のように結んでいる。

「無意味ではあるが面白い」と。「面白い事は事実であらう」と。

十代の私は「無意味」にも共感したが、「面白い」というところに、より賛同した。そうだ、面白いんだからいいんだ、と思った。生を長く否定して暗澹《あんたん》とはしていられない、という気持だった。いまとなれば、十代だからこその元気であり輝きであった。

十代だって終りに近づけば、面白いだけではすまなくなる。順調な時はいいが、挫折停滞すると「無意味」なままでは耐えられなくなる。生きている意味が欲しくなる。しかし、自前で生きる意味を開発するのは簡単ではない。誰もが面壁《めんぺき》九年達磨《だるま》大師のような苦行をするわけにもいかない。誰もがベートーヴェン、キリスト、シェイクスピアになれるものでもない。凡人がたぶん本当は実のところ無意味かもしれない現実にさからって、なんとか意味をつくり元気でいようというのだから大変である。で、人のつくった意味のなかで、共感するものを捜すということになる。

なにかの正義に共感し、このように悪がはびこり、いい加減、無責任、ごまかし、偽善が見すごされていいはずがないと、正義の行使に意味があると思う人もいるだろう。宗教を選ぶ人もいる。サッカーチームのサポーターになって会社を辞めてフランスへ応援に行く人もいる。

結局のところ私を含めた多くの人間の創造的な精神活動の大半は、この選択にあるのだと思う。私は一応「作者」と呼ばれることもある人間だが、自分の内部をのぞくと、天才の創造物を選んで享受する精神活動の方が大きいくらいなのである。なにを観てなにを聴いてなにを読むかは、それだけでクリエイティブなことなのだと思う。選んで享受する人々がいなければモーツァルトもカフカもゴッホも手も足も出ない。「指輪物語」も「ゲド戦記」も存在しない。選ぶことも創ることなのだと思う。

そして選ばれた作品は、選んだ人たちのそれぞれの内部で、驚くほど多様に変質するのである。

その経緯がいちばん目に見えるのは、演劇であった。

私の関わる演劇は客が少かろうが多かろうが、泣こうが笑おうが、稽古で確めた演技を変えたりはしない。しかし、それでも、否応なく観客によって舞台は変ってしまうのである。

ある個所で客が笑う。それだけで、作品が変ってしまう。ある個所で客がくしゃみをする。すると、客席全体の集中度が目に見えてカタンと落ちる。とり戻せなくなる。

更に、観客の中に身をひそめていると、驚くほど一人一人の反応がちがうのだ。作品がつくり手の思いのままに受け手に届くことはない。

そのようなことは、小説と読者、絵画と鑑賞者、音楽と聴衆の間にも、実にいろいろな濃淡、水準であるはずである。

それらのすべてが、結局のところ、生きていることとの「無意味」にあらがうクリエイティブな精神活動なのだと思う。通俗も浅薄もひっくるめて「無意味」との闘いなのだと思う。

で、四十代、五十代と、「受け手」と「つくり手」をうろうろ交替しながら、なんとか生きて来た。六十代に入った。

すると、周囲の「無意味」がめっきり濃くなって来る。

先日、三日の間に四つの葬式（一つは葬式をしない人の、日を置いてからの偲ぶ会だったが）に出た。七十代ひとり、あとは六十代である。誰もが長生きするようにいうけれど、死ぬ人も多い。あっけないように同年輩が死ぬ。私もいつやられるかも分らない。そういう感じがなまなましい。

これが七十代まで生きのびると、またちがうのだろう。もっと落着くのだろう。

いまはまだ、意外なほど側に来ている死神と、おだやかに向き合えない。気配を感じると過度に反応して、なにをしてももう無意味だというような感傷に落ち込む。いや、感傷ではなく、事実もうなにをしても無意味かもしれないのだから、五十代の感傷とは随分ちがう。

六十代に入って私は何度か町なかで立往生することがあった。

突然、ズシリと重い疲労に襲われる。歩けなくなる。

それでもあと少し歩けば喫茶店があるというのであれば歩けないことはない。しかし、なにもない道がある。右側は長く学校の塀で、左側は工場だとか住宅ばかりが続いていて、相当歩かないと腰をおろすところがないとか。

そんなところをどうして歩いているのかというと、歩くのが好きなのである。自覚的には特に悪いところもない。子供のころから入院したことがない。元気である。元気なつもりで、ついある駅でおりて次の駅まで歩いてみようとか、それも少し紆余曲折してみようとか思う。そして途中の小さなコーヒー店に入って、行き詰った仕事の先行きをあれこれ考えているというのも嫌いではない。五十代もやって来たことだ。

ところが、不意に歩けなくなるのである。

まだ見栄があってしゃがんだりはしない。立っている。すると、おばさんが自転車でやって来たりする。

「すみません。駅までどのくらいあるでしょうか」となるべく元気に聞く。

「そうねえ。十五分ぐらいかなあ。大丈夫ですか？」と聞かれる。

かくしているつもりが、疲労まるみえなのである。

「大丈夫です。ありがとう」

自転車が行ってしまう。タクシーはおろか、車も人も通らない。

仕方がない。少し力が戻って来るまで立っている。しかし、なかなか歩けない。冗談じゃないぞ、こんな町なかで遭難かよ、と小さく呟こうとするが、呟くのも億劫《おっくう》である。まいりました。まいったたね。このまま救急車で病院へ運ばれて自宅に戻ることはありませんでした、ということになったって、ちっとも不思議はない。そんな時に仕事がなんだ。締切りがなんだ。スケジュールがなんだ。もうよそう、仕事なんて受けるのよそう。受けてる分も、なるべく断ろう。

こういうことは四十代でも五十代でも時々考えたけれど、六十代は不意に身体に思い知らされてしまうのである。勿論これも個人差のあることで、十代二十代からそういうブレーキを経験している人から見ればお笑い草の体験だが、私には六十代の発見であった。

少しずつ現世から、離れて行く。あれこれの欲望のむなしさも、身体が教えてくれる。現実を見る視点が否応なしに、五十代とは変って来る。幾分は負け惜しみだが、そういうことが面白い。仮に七十歳まで生きたとしたら、どんなふうになって行くだろう、と思う。変化を待つという気持がある。

だから主観的には、老いは、なんとかなるように思うのだ。「無意味」にも私なりにあらがえる気がする。ただ、問題は他人から見た私の老いだ。これは周囲にとっても社会的にも、ほとんど取り柄《とりえ》がない。そこのところが、どうにもならない。

ハヅキさんのこと

川上弘美

叱られるかな、と思いながらバスに乗っていた。

M市の病院に入院しているハヅキさんの見舞いに行くために、バスに乗っているのである。

ハヅキさんは、十五年ほど以前に教師をしていたころの同僚だ。ハヅキさんは国語を、わたしは理科を教えていた。教室ではまっとうな顔つきをしてそれらしくふるまっていたが、わたしもハヅキさんも、教師というものに向いていない人間だった。

二人して酒ばかり飲んでいた。ハヅキさんは真面目なので、試験の採点やら明日の授業の準備が終わっていなければ遅くまで居残って仕事していたいのだが、わたしのほうが不真面目である。

「明日にしようよ、ねえねえ」とハヅキさんの後ろに立って口説く。

「だめ。あなたも仕事しなさい。まだ残ってるでしょ」ハヅキさんがわたしを叱る。

「もう飽きた。いちにち仕事した。帰りたい」いつまでも、ハヅキさんの耳もとでつぶやく。五分ほどもつぶやき続けると、ハヅキさんはため息をついて立ち上がった。

「しょうがないわね、ほんとにあなたは」そう言って、ハヅキさんはもともと片づいている机の上をさらにきっちりと整理するのだ。ハヅキさんを口説いて帰ろう帰ろう言っていたくせに、ぜんぜん後片づけをしていなかったわたしは、慌ててあちこちにひっ散らかしてあった生徒のレポートだのファックス用紙だのを乱暴にとりまとめる。ようやく始末を終えて教師用ロッカー室に行くと、ハヅキさんは襟巻きをまきコートを着込みてぶくろをきちんとはめて待っていた。コートのボタンをだらしなく段ちがいにはめてしまったりしながら、わたしもいそいで帰り支度をする。

「へんよね、あれ」というのがそのころのわたしたちの口癖だった。

「へんよね、職員会議のあの異常な長引きかたって」

「へんよね、生徒の髪形にまで口出さなきゃならないのって」

「へんよね、学級経営の『経営』って」

　学級の担任をしていたわたしたちは、学級を「経営」しなければならないのだった。「学級経営」、それは教師になって初めて知った業界用語だった。腕のある経営者は、よい学級をつくる。能のない経営者は、間の抜けたしまらない学級をつくる。

「だいたい経営って言葉が気にくわない。生徒を物品化しているじゃないのさ、いやらしい」などとわたしたちは酒を飲む合間に叫んだ。もっともよく考えてみると、ハヅキさんのクラスは真面目な明るいクラスなのである。いっぽうのわたしのクラスはそこはかとなくだらしのないクラス。学級はその経営者に準ずる、というのは、事実なのかもしれなかった。わたしたちはそのあたりの事実には目をつぶって、「けしからん」と仲良く叫んだ。

　教師業のうっぷんを晴らしたあとは、互いの恋愛についてああでもないこうでもないと言いあった。そのころ、ハヅキさんもわたしも「不幸な恋愛」をしていた。ハヅキさんは「ちょっと冷たいんだけど、とても魅力のあるひと」と、わたしは「いやに女の子が寄ってくるのが困りものだけど、とても魅力のあるひと」と、思うほどには思われない、という恋愛をしていた。じつのところ、ハヅキさんはわたしの恋人のことを「たんに女ぐせの悪い不誠実な奴」と看過していた。むろんわたしだってハヅキさんの恋人のことを「少しばかり頭がいいことを鼻にかけた男根主義者」と思っていたから、お互いさまだ。

酒を飲みながら、最初はしみじみ話しあっているが、お互いにお互いの相手をたいしたものじゃないと思っているから、そのうちに不穏当な雰囲気になってくる。「そんな男、やめたら」最初にわたしが言う。「やめたら」と言われてもやめられるわけがないことは、自分をかんがみればよくわかるはずなのに、言ってしまう。ハヅキさんは黙っている。わたしよりも賢いのだ。「やめないわよ」と言えば、ますますわたしは言いつのるだろう。「あなたこそあんな男、やめたら」と返せば、喧嘩になるだろう。

ハヅキさんが黙ると、わたしはしかたなく酒を飲む。そのうち、いい具合に何がなんだかわからなくなる。恋愛の話は忘れて、「そういえば知り合いでろくろ首を見たって言うひとがいてね」などと始める。隣に座っている見知らぬ初老の男性に、「力士では誰が贔屓《ひいき》ですか」と話しかける。ようするにただの酔っぱらいになるのである。酔っぱらってとめどがなくなったころ、ハヅキさんは床に落ちているわたしのハンカチを拾い、勘定書を見て割り勘の金額を計算してくれる、という寸法である。

店を出るときには、ハヅキさんは母親のような声で、いつも「さあさ、帰りましょ」とわたしをうながした。いやに、やさしい声だった。その声に甘えて、「もう一軒」とわたしが叫ぶと、ハヅキさんは突然きびしい声になってわたしを叱りつけるのだ。しゅんとしたわたしに向かって、ハヅキさんは「また明日ね」と言い、小さく手を振る。遠ざかるハヅキさんの薄い肩とほそくて長いあしが、ひとごみの中にすっかり消えてしまうのを、酔っぱらったわたしはいつまでもじっと眺めていたものだった。

「ふられた」と、あるときハヅキさんが打ち明けた。その数カ月前に、じつはわたしもふられていた。ハヅキさんに打ち明けるのがなんとなく癪《しゃく》で、黙っていたのだ。

「あなたもこのごろうまく行ってないでしょ」ハヅキさんは続けた。

「なんでそんなことわかるの」わたしが聞き返すと、ハヅキさんは、

「あなたって、わかりやすい人だから」と答えた。

その夜はいつもにも増して飲み、一軒、二軒、三軒と、店を渡り歩いた。珍しく、ハヅキさんが酔っていた。

「ほんとはね、あんな男それほど好きじゃなかった」

「好きじゃないのにどうして好きなつもりになってたの」

「むこうがこちらのこと好きになってくれないから」

「ばかばかしい」

「ばかばかしいけど真実だもん」

そんなことを言い合いながら、したたかに酔っぱらった。いつもとは反対に、ハヅキさんが落としたハンカチをわたしが床から拾いあげ、勘定を計算した。

夜も更けて、「さあさ、帰りましょ」と言っても、ハヅキさんは頷かない。ハヅキさんの真似をしてハヅキさんを叱ってみたが、ハヅキさんは聞く耳持たない。

そのうちにハヅキさんはわたしの肩に手をまわして、「あなたと恋愛してるんならよかったのに」などと言いはじめた。

「わたしのことしょうのない人間だって思ってるくせに」答えると、ハヅキさんは大きく頷いた。頷きながら、

「しょうがない人だけどね、あなたと恋愛すれば、きっと幸せになれると思う」しごく真面目な表情で言う。

「ほんと？」嬉しくなって聞き返すと、ハヅキさんは真面目な表情のまま、しばらく考えていた。

「うそかもしれない」ずいぶんたってから、ハヅキさんは小さな声で答えた。「あなた、ちょっと鈍感だからね」

「なによそれ」言いながら、わたしもハヅキさんの肩を抱いた。ハヅキさんの肩はかぼそく温かかった。二人で坂みたいなところをゆっくり上っていった。

気がつくと、ラブホテルの大きなベッドの上に、きちんとコートを着たまま、二人で横たわっていた。目の前に、ハヅキさんの細いあしがある。わたしはあわててハヅキさんを揺り起こした。ハヅキさんはゆっくりと目を開き、派手な壁紙や大きな鏡を、無言のまま眺める。

「なんでこんなところにいるの」ハヅキさんは聞いた。

「知らない」わたしが答えると、ハヅキさんはこめかみを揉んだ。眉をひそめている。

「どっちが入ろうって言ったの」

「よく覚えてないけど、わたしのほうが面白がって入ろうとしたような気がする」

「ばかっ」とハヅキさんは叫んだ。

「私が相手だったからいいようなものの、誰か知らない男だったらどうするのっ」

ハヅキさんはこんこんとわたしを叱った。ラブホテルのスプリングのきいたマットレスの上で、こんこんと、わたしを叱りつづけた。

ハヅキさんだから来たんだと思う。知らない男なんかとは来ない。叱られながら、わたしはおなかの中でつぶやいていたが、そんなことを口に出すとますます叱られそうなので、黙っていた。ハヅキさんがひとこと喋るたびに、マットレスのスプリングがぎしぎしと鳴った。ハヅキさんは、僅《わず》か、ほんの僅かばかり、わたしを憎んでいたのかもしれない。ハヅキさんがハヅキさん自身を憎むのよりは、ほんのすこし少なく。酒が醒めかけていて、寒かった。わたしたちは、頭から毛布をかぶった。少しでもみじろぎをすると、スプリングが、ぎし、と鳴った。ラブホテルの夜明けは、いやに白っぽかった。

あれから十数年の月日が過ぎたのである。

「お見舞いに来ちゃった」と言ったら、ハヅキさんはどんな顔をするだろう。

「新幹線まで使って、わざわざ来るほどの病気じゃないでしょ」と叱るだろうか。

「でもハヅキさんのことが心配で、いてもたってもいられなかった」などと言えば、ハヅキさんはますますいやそうな顔をするに違いない。

「お見舞いに来られるの、好きじゃないの。まったくあなたは鈍感ね」なんて言うに違いない。

バスの座席のスプリングが、あのときのラブホテルのマットレスと同じような音をたてて鳴る。花の香りをふくんだ柔らかい風が、窓から吹き込んでくる。

どんな小説が書きたいか

清水義範

「どんな小説を書きたいんですか」
ときかれた。それに対して、私は返答につまった。
今から二十年ちょっと前のことである。私が、安定した作家になりたいと焦ってい
た三十歳の時のことだ。
私はかなり幼い時から小説家になりたいという夢を持っていた珍しい人間である。
本を読むのが好きな子供であると同時に、漠然と小学生の頃から将来は小説家になり
たいと思っていた。
高校二年生の時にクラスの中に同好の友人を得て、同人雑誌ごっこのようなことを
始めたのだが、私だけは仲間に対して、将来は書くことのプロになりたいんだと表明
していた。みんなに言いふらした手前、途中であきらめるわけにもいかない、という

追いつめられた格好になるように、自ら計画したのだ。大学生になっても同人雑誌を続け、社会人になってもそれは続いた。

その、社会人になる時のこと。

愛知教育大学という、当時は卒業者のほぼ十割が教員になる大学にいながら、私は教員採用試験を受けなかった。卒業式の日に、全卒業生の中で私一人だけ、就職先が決まっていなかった。

ここで小学校の先生になってしまえば、おそらく絶対に小説家にはなれないだろう、と思ったのだ。だから無理矢理にでも東京へ出なければ、と。

人生を、小説家になるために形成しているわけだ。私は東京へ出て、小さな情報サービス会社に入って働いた。そして、なおも同人雑誌を続け、いくつかの小説雑誌の新人賞に応募した。新人賞にはどれも、最終選考作品に残るぐらいのところまでいき、最終選考で落選した。

そういう修業時代は十年間続く。

そんな頃に、一時的に刊行されたがすぐに消えてしまったSF雑誌の編集者と会って食事をすることがあった。むこうも人材を求めていて、誰かの紹介で会ったというわけだ。

その席で、その編集者が私にきいたのだ。

「どんな小説を書きたいんですか」と。

その問いに答えられないことに自分でも驚いた。こういうものが書きたいんです、というのが頭の中にないのだ。ただぼんやりと思うのは、なんだって書ける気がするんですが、という曖昧《あいまい》で不遜な思い。

要するに、まだ自分がわかってなかったのである。自分にはこれができる、というのを摑《つか》んでなくて、ただただ、書けるはずだ、とばかり思っていた。

新人賞に応募してどれも落選した理由もそこにあったのだと、今はわかっている。私の小説はいつも選考評で、そつなくまとまっているのだが新人らしい力強さがない、というようなことを言われるのだった。

これが書きたいんだ、と思って書いているのではなく、これも書けます、という小説になっていたために、人をひきつけるパワーが欠けていたのだ。

まず最初に小説家になりたいと思ってしまった人間であるため、何を書きたいのか自分で摑んでいなかった。それが、なかなか夢のかなわなかった原因なのだ。

では、原点に立ち返ってみよう。どうして私は小学生の頃から小説家になりたかったのか。

その理由は、小説を読むと楽しくて、自分にもこういうものが書ける、という気がしてならなかったからだ。『次郎物語』を読んだ時もそう思った。中学生から高校生にかけて、推理小説を読みあさった時も、それを楽しむと同時に、自分にも書ける、という気がした。SFファンになった時も、そういう思いを抱いていた。漱石を読んでも、谷崎潤一郎を読んでも、トーマス・マンを読んでも、ヘンリー・スレッサーを読んでも、自分もこういうのを書こう、と思うのだ。

自分には必ず書ける、という思いこみがあって、小説家になるしかない、と勝手に決めているわけなのだ。

ところが、十年近くも修業して、まだ目的を達せられないのは、そのぼんやりとした願望のあり方のせいだった。新人なら新人らしく、おれのやりたいことはこれだ、というのをぶつけていかなくちゃ、力強さも面白さもないのだった。

どうも私は、ハッタリをかますのが苦手で、節度のある行儀のいい小説を書いてしまい、その点でもパワーに欠けていた。

もっと、自分が面白いと思うことにこだわって、ほかの人間には思いつけないだろう、というものを書かなくちゃ、と私は三十歳にして初めて考えた。ところが、自分の特性を見つけるというのは、なかなかむずかしいことで、迷いが大きくなるばかりだった。

そんな頃に、テレビを視《み》ていた。NHKの歴史ドキュメントで、そこでは寛永御前《で》試合のことを取りあげていた。講談などで有名な御前試合だが、よく調べてみると出鱈目《たらめ》だ、という内容だった。まるで時代の違う人が試合をしたことになっていたり、架空の人物がまぎれこんでいたり。

それを視ていて私は、面白いな、と思った。時代考証が出鱈目な時代小説をわざと書くというのはいいかも、と。そして、時代小説だけど、現代のことを書くというアイデアを思いついた。つまり、SFをちょっと応用して、未来の作家が、昭和のことを書いた時代小説とするのだ。そうすれば、時代考証がヘンだということが誰にもすぐわかる。

というわけで、『昭和御前試合』という小説が書けた。北の湖対三船敏郎とか、姿三四郎対アントニオ猪木、なんていう対決のある、めちゃくちゃの御前試合である。

その小説を書いたのは未来の作家、というしかけだ。

その小説が、紆余曲折あったのだが、私の最初の短編集にまとまったのが、三十三歳の時だった。それまでにも青少年向けSFは書いていたのだが、その短編集が私の大人向け小説のデビュー作ということになった。

するとその短編集を読んで、「小説現代」の若い編集者が連絡をくれ、何か書いてみませんか、と言ってくれた。二作ボツになって、三作目でようやく採用になったのが、『猿蟹の賦』である。

それは、当時司馬遼太郎の小説を愛読していて、あの文章は魅力的だよなあ、と思っていたところから生まれた小説である。つまり司馬さんのあの文章で、司馬さんが書くはずのないむちゃな話を書いたら、すごく面白いのではないか、と思ったのだ。そこで、さるかに合戦を司馬文章で書いてみた。

そうしたら、その小説にはパスティーシュ小説、というリード・コピーがつけられた。私がパスティーシュ作家ということになる記念作品となったのである。

次に書いた出世作は『蕎麦ときしめん』だった。これは、イザヤ・ベンダサンの『日本人とユダヤ人』という話題の書を読んでいて、どうして日本人は、外国人が日本人の悪口を書いた本を好んで読むんだろう、と思ったのが発想のきっかけである。しかもこのベンダサン氏はくっきりと山本七平氏で、つまり偽外国人である。それがそんなに面白いのなら、偽東京人の書いた名古屋人論を書いてやれ、と思ってこの小説ができた。

そうしたら、その中の出鱈目名古屋人論が妙にウケてしまった。

次に書いたのが『序文』である。ある言語学者の書いた本の、序文だけを何種類か並べるだけという、ヘンな小説だ。自然に、学者のおかしさ、というものが出て好評だった。

というふうに私は小説家としてだんだん安定していき、パスティーシュ作家だとか、ヘンなことを面白く書く奴だとか言われるようになり、幼い頃からの夢がかなったのだ。

ところで、今あげた四つの短編小説に共通点がある。それは、形式上どれも、私が書いたのではなく、ほかの人が書いたものになっている点だ。もちろん、作者名のところに清水義範と書いてあるのだから、私が書いたことは誰にでもわかっている。でも内容においては、未来の小説家とか、偽東京人とか、司馬遼太郎もどきとか、言語学者がこれを書いたことになっているのだ。

　それが、私のスタートの頃の得意技だった。

　つまり、私は、誰かが文章を書く、もしくは小説を書く、ということが面白いのである。小説ってものを面白がって小説にする、と言ってもいいかもしれない。

　今思えば、そのことで、私の原点とつながっているのだ。私は小説が好きで、これなら私も書ける、と思う子供だった。だから、小説ってものをいつくしむ小説を書いているのだ。

　だからこそ、私はどういうタイプの小説家なんだか分類に困るほど、いろんなものを書くのだと思う。メイン商品はパスティーシュ及びユーモア小説だが、ミステリもSFも書く。家庭小説も時代小説も青春小説も書く。ちょっとシリアスなものも、こわい小説も書く。

　私はいろんな小説が好きで、どれも書いてみたいのだ。そういうわけで、結局は元に戻ってしまった。

「どんな小説が書きたいんですか」

と、今問われたら、私はまた返答に困ってしまう。

そして、なんとかひねりだす答は次のようなものであろう。

「私にしか書けないいい小説です」

攻める男、誘う女

藤田宜永

四月半ば、京都に取材旅行に出かけた。

桜の見頃はとうに終わっていたが、古都で見る葉桜には風情があった。

僕は京都をよく知らない。

子供の頃、祖母に付き合わされ、寺回りをしたのが、初めての京都旅行だった。朝から晩まで寺を巡り歩く。ご褒美にデパートで玩具のピストルを買ってもらえる、というものだから我慢していたが、子供にとってはうんざりする旅だった。付き添っていた母もきっと僕と同じ気持ちだったろうが、嫁が余計なことを言えるわけもなく、祖母の気に入るように相手をしていた。祖母とは二度、京都を訪れたと記憶している。

その後も二度ばかり京都に足を踏み入れたが、ガイドブックに書かれているところを巡るだけの旅だった。

今回の旅では、通り一遍の京都を見るだけではすまない。ヒロインは京女なのだから。

知らない土地を舞台にするのは、とても勇気がいる。通常、僕はそういうことはせずに、或る程度知っている土地だけを描いてきた。ところが、今回は或る友人の勧めに、ついその気になり、京都を舞台にすることになってしまった。いざとなると、大変だな、という思いが深まり、腰が引けそうになったが、もう後には引けない。覚悟を決めて京都入りした。

件《くだん》の友人、Mさんが案内役を務めてくれた。彼は京都の人間ではないが、タクシー運転手ができるくらいに地理に明るかった。おかげで僕は京都という街の概要を短い時間でつかむことができた。

しかし、いくら詳しくても、Mさんも外様《とざま》である。夜の京都には歯が立たない。どうしようか、と思っていた僕を助けてくれたのが、『染司よしおか』の代表であり、古代染めの第一人者、吉岡幸雄さんだった。

実は今度の京都取材の大きな目的は、吉岡さんの工房を見学させてもらうことだった。その吉岡さんが案内役まで務めて下さったのである。

一日目は先斗町にある料理屋さんに連れて行ってもらい、祇園にあるお茶屋さんの経営するスナックで飲んだ。

いずれもひとりだったら、敷居が高くて入れない店だった。

「敷居が高い、と決めてかかるのが間違いだよ」と吉岡さんはおっしゃったが、いくらそう言われても、僕の気持ちは変わらなかった。

案内された僕がお金を払うのが筋なのだが、京都の古いお店には暗黙のルールのようなものがあるらしい。カードのような野暮なものは出せないし、札びらを切るわけにもいかない。結局、吉岡さんに御馳走になることになった。

それでは心苦しいので、二日目は、僕に持たせてほしい、と頼んだ。料理屋は、僕の名刺ですんだ。それも、吉岡さんという保証人がついていたからできたことである。

お茶屋さんに上がってみたかった。だが、予約もなしでいきなり訪ねるような不調法はできないという。あっさりと僕は諦めたのだが、吉岡さんが交渉して下さり、或るお茶屋さんを覗かせてもらうことができた。掘り炬燵《ごたつ》のある静かな部屋で酒を飲めただけでも幸せだな、と思っていると、舞子さんがひとり現れた。粋なはからいに、僕の感激はひとしおだった。

その払いも僕がするべきものと思ったが、払わせてはもらえなかった。金持ちではない僕が、夜の街でこんなにお金を払いたいと思ったのは、生まれて初めてのことだった。

これが京都なのだ、と改めて感心しているうちに、「お供（車）が参りました」と声がかかり、僕たちはゆるゆると腰を上げた。

京都のお茶屋さんには〝しきたり〟がある。一度、上がったお茶屋さんには、もう一度顔を出すのが礼儀なのだそうである。これを〝裏を返す〟という。しかし、次に来た時に、紹介者を無視して予約を入れたりしてはいけない。二度目も紹介者に連れて行ってもらうのが常識らしい。ということは、吉岡さんを誘うことになる。彼が一緒だと心強いので、願ったり叶ったりなのだが、この時もまた、彼の支払いになるやもしれぬ。そう思うと、何となく誘いづらい気がしないでもない。

ともかく、この辺が馴染みのない人間にとっては難しいところなのだ。

東京でも常連が一見《いちげん》の客よりも扱いがいいことは稀ではない。しかし、ここまで奥深くはなく、きちんと支払いをすればそれなりのサービスを受けられる。

金をきちんと支払うと、それに見合ったものが得られる。これが現代社会の市場原理だろう。

京都のお茶屋さんは、その自然な流れに従っていないようである。そこに京都のダンディズムがある、と思った。

僕が改めて言うまでもなく、ダンディズムとは反自然の産物である。お店というものは、誰でもいいから客が大勢入り、金をたくさん落としてくれればいい、というのが自然なのだから、どうやって金を払ったらいいのか、客が困ってしまうのは反自然なのである。

ダンディズムは〝しきたり〟を生み、それを長年守ることで、様式が作られていく。その様式を金にあかせて、壊そうとしても、壊れるものではない。ただ高い金を払わされ、馬鹿にされるのがオチだろう。

今回の短い旅行の間でも、有名人たちが祇園で傍若無人に振る舞い、京都人に笑われていることを耳にした。

いきなり、話はアラブの世界に飛ぶが、僕は北アフリカなどに行って、タクシーに乗ると、ぼられることを覚悟する。ぼられていると分かっていても、その金額の倍を払う、と提案することさえある。そうやって、本当の料金を知り、ぼらなければやっていけない国情を運転手から訊いたりするのである。中には意気投合して、観光ガイドまでやってくれた運転手もいた。

アラブの経済原理は、一時間働いたら、いくらもらえるのか、というような近代的なものではない。或る物を欲している人とそれを売りたがっている人の欲望の量の違いによって、値段が決められるらしい。旅行者である僕は公共の乗り物に乗るのが不安だから、どうしてもタクシーに乗りたい。つまり、その町に住む人間よりも、タクシーを欲しているのである。それを知っている運転手は、住民よりも旅行者である僕から高く取る。それが当たり前だと思っているから良心が痛んだりはしない。

西洋近代主義を生きてきた人間にはやはり、承伏できない詐欺行為に映るらしいが、僕は平気である。大いに騙《だま》しておくれ、と思ってタクシーに乗る。その代わりに、付加価値である面白い話をいっぱい教えてもらうことにしている。

京都のお茶屋さんの論理はアラブのものとはまったく違うが、近代の経済原理では成り立っていないところは似ている気がする。

客が女性たちを育てるのか、女性たちが客を育てるのかは分からないけれど、お茶屋遊びには、客もそれなりに芸が必要らしい。遊び、遊ばれているうちに、おのずと男と女の世界が開けていくのかもしれない。きっと、お茶屋遊びに慣れている旦那たちは、或る瞬間、絶妙のタイミングでもって、反自然であるダンディズムを捨て、気に入った女を抱きたいという自然な欲望を相手に知らせるのだろう。それもまた芸である。

〝明瞭会計〟は当然ながら悪いことではない。しかし、すっきりくっきりしたものが、遊びから色気や美学をはぎ取ってしまったことは間違いないだろう。

無粋な僕は、いくら修行を積んでも粋人になどなれそうもないが、隠然とした京都の匂いは嫌いではない。

師匠である吉岡さんと別れた僕は、無給で僕に付き合ってくれたMさんをねぎらうために花見小路に出た。そこは銀座や六本木をこぢんまりとさせたような飲み屋街だった。

お茶屋さんに入った緊張感が解けたためか、どの店も入りやすく見えた。女の子がビラを配っていたので、その店にちょっと寄った。不思議な飲み屋だった。午前一時になると、女の子のいるバーからホストクラブに変わるのだという。面妖な話だが、河原町辺りにできた風俗店の女の子たちが、安らぎを求めてやってくるのかもしれない。

その店を出た途端、前を歩いていた女のすらりとした脚が目に飛び込んできた。京都に入る前、競走馬の調教場である栗東《りっとう》トレーニングセンターで、サラブレッドの脚ばかり見ていたのが影響したのだろう。

「あのサラブレッドの脚の後について行こう」僕はストーカーよろしく、女の後を追った。

女は或るクラブに入って行った。少し間をおいて僕たちもその店に飛び込んだ。一見さんお断り、と言われるかと思ったが、親切に迎え入れてくれた。

どうして、その店に入ったかを説明した。少し緊張していた座が、それで和んだ。普通のクラブだが、東京とはやはり雰囲気が違った。女性たちがどことなくのんびりとしていて、優しかった。本当はしたたかなのかもしれないが、一見、そんな感じはしなかった。

やはり、京都だと思った。

男が攻め、女が誘い込む、という典型的な男と女の形が京都には残っている。深いところは分からないけれど、そんな印象を持った京都の夜だった。

あたしの発見日記

室井佑月

〝発見〟というテーマで、今回エッセイを依頼された。待ってました。〝発見〟といったらあたしじゃん。なぜならばあたしの毎日は輝かしい〝発見〟に満ちているからだ。

あたしの発見日記

＊

○月☆日（くもり）

おなかがすいた。とってもすいた。きのうのよるから、マンガ『キン肉マン』をいっかんからよんでいたからだ。〝せいぎちょうじん〟と〝あくまちょうじん〟のたたかいがおわるまでがんばってよんだら、あさになっていた。〝ゆでたまご〟のバカ。なんでこんなにクダラナオモロイものをかくの。

〝ゆでたまご〟はふたりぐみのまんがかのコンビのなまえだ。ちゅうごくじんのラーメンマンだとか、レインボーシャワーをはなつプリズンマンだとか、パオーンとなくマンモスマンだとか、なんにでも〝マン〟をつけてちょうじんにしてしまうという、ごーいんなマンガをかいてにじゅうねんもくっている。ふたりでかいているのに、えもテーマもまったくかわらない。どっちかが「あきた」とはいいださないのかな？

『キン肉マン』といったらぎゅうどんだ。あたしはぎゅうどんがとってもたべたくなった。えきまえの〝よしのや〟にあいぼうのメエメエマン（かおがヤギだから）といった。ひさしぶりにいったら、しんメニューができていた。〝けんちんていしょく〟。けんちんじると、ぎゅうざらと、ごはんと、おしんこがついている。ちょっと、たべてみたいきがしたが、しょしかんてつ、ぎゅうどん、ぎゅうどんとつぶやきながら〝よしのや〟にきたのだ。あたしはぎゅうどんのとくもりをたのんだ。あいぼうはにらんでいたとおり、けんちんていしょくをたのんでいた。

やっぱり、けんちんていしょくにすべきだった。そっちのほうがおいしそうだった。あいぼうのほうをちらちらみていると、あいぼうは「はんぶんたべたら、こうかんしてあげようか？」といった。けんちんじるをあじみしてみたかった。だけど、「あげようか？」ということばがきになった。しかも「あげようか？」といったあとであいぼうは、ふふふん、とわらった。けんちんじるはたべたい。でも、ふふふん、にはむかつく。あたしはけんちんじるのおわんをいちどてにし、ふたたびテーブルにもどした。そんなあたしをみて、あいぼうはまた、ふふふん、とわらった。あたしは「ぎゅうどんやへきて、ぎゅうどんをくわずしてどうする」とぎゅうどんをくちいっぱいかきこんだ。

しかし、そのあともいちにちじゅう〝よしのや〟のけんちんじるがきになってしょうがなかった。あいぼうがでかけたすきに、けんちんじるをくいに〝よしのや〟へといった。バカみたいだ。「へのつっぱりはいらんですよ」byキン肉マン。わかりました。もう、つっぱりません。

【はっけん1】へのようなつっぱりは、するもんじゃないなあ。

○月♡日（あめ）

あめがふっていたので、きょうはいちにちじゅういえにいた。あいぼうと〝いぐちのぼるかんとく〟がとった『くるしめさん』をみた。おもしろかった。「このかんとくがとったえいがはほかにはないの？」とあいぼうにたずねたら、あいぼうは「たくさんあるけど……（ちんもく）」。あたしは「みたい。みたい。みたい。みたい」と、てあしをばたつかせておねだりした。

あいぼうがビデオをデッキにいれる。なんじゃこりゃ。おばあちゃんのしわしわのくちびるをすぼめたようなところから、ちゃいろくひかるうなぎがでてくる。うなぎがぜんぶできって、ゆかにおちたところがうつる。そして、あたしはそれがウンチだとはじめてきがつく。がーん。がーん。がーん。

ぼうぜんとしているあたしにあいぼうがいった。「〝いぐちかんとく〟は、ウンチをとらせたらにほんいちのアダルトビデオのかんとくさんなの」。『くるしめさん』は、おんなのこのからだのなかをカメラでたんけんしているようなさくひんだった。ひふのしたにあるきいろいしぼうを、そのしたにあるゴムをたばねたみたいなきんにくを、そのまたしたにあるまっしろなほねを、じゅんばんにうつしだしていく。あたしはおもった。〝いぐちかんとく〟、それでもまだとりたりなかったの？

がめんにはふたたび、おばあちゃんのくちみたいなこうもんがうつった。めりめりとウンチがしぼりだされる。めりめりと、めりめりと、めりめりと……。まだまだ、とぎれそうもない。きもちよさそうだなあ。ふいに、おんなのこのかおがアップでうつる。ないてるような。こまってるような。どっかで、みたかお……そうだ、あいぼうにふまんをもらしているあたしのかお、せんめんじょのかがみでみたことがある。

【はっけん2】ウンチもふまんも、だしてしまうときもちがいい。

○月◇日（はれ）

ちょっと、そとにさんぽにでかけた。あせびっしょりになった。コンタクトレンズをはめたままシャワーをあびた。

せっけんをスポンジにつけ、からだをあらう。だいじなぶぶんをあらおうとする。

わーお。こかんのゲジゲジがせいちょうしているよ。

どうして？　りゆうをいっぱいかんがえてみた。さいきん

あめがよくふるから……いいや、これはちがう。ゲジゲジは

カビじゃない。さいきんおいしいものをたべているから……

いいや、くってない。さいきんしげきをあたえているから

……うん、これがあやしい。これかもしれない。とりあえず、

リンスをぬっておいた。

【はっけん3】こかんのゲジゲジせいちょうちゅう。いったい、どーして？

＊

この続きは、夏休みの自由研究として発表の予定。こうご期待！

海のトリトン

鈴木清剛

死んだときは、遺骨を海に流してもらえたら、とぼくは真剣に考えている。そうされたほうがなんとなく、落ちつく感じがするからだ。視覚、聴覚、嗅覚《きゅうかく》、触覚、といったほとんどの感覚を思い起こしてみても、海にはやすらぎや落ちつきを感じる。

そういえば子供だった頃、ぼくは海に行くと、浮き輪に尻《しり》を突っ込んでプカプカ浮いているのがすごく好きだった。見た目には少し情けないけれど、ビーチベッドに比べると体の三分の一は水に浸かっているわけだから、暑さでのぼせあがることもないし、体が冷えすぎることもない。何時間でも海の中にいることができた。

波にゆられ、ぼくは沖の方へとどんどん進んでいった。浮き輪をしていなくてもひとりでも、ロープにさえ摑《つか》まっていれば全然平気だった。だから海に行くと親をいつも心配させていた。自分の身長をはるかに超えている海の底を見て、怖い、という感覚は確かにあったけれど、体感としてはまだわかっていなかったのだろう。

そうはいっても、海で怖い思いをした経験がまったくないわけでもない。家族旅行で伊豆《いず》に行ったとき、海が見えるとドキドキワクワクしてしまうぼくは、そこが船が出航する場（地面からすべり台のようになって海へと続いている）であったにもかかわらず、近付きすぎて海の中へとすべり落ちてしまった。普通の海辺とは違い、周りはコンクリートに囲まれ、底も苔《こけ》におおわれたコンクリートの急な坂だ。戻ろうと足を動かしてもずるずると下がっていく一方で、どんなにもがいても陸に戻ることができなかった。

さいわい、親が釣《つ》り竿《ざお》を持っていたので、ぼくは釣られるかたちで陸地へ戻ることができた。だからまあ、海そのものよりも陸のほうの問題だったわけで、身にしみるまでには至らず、それからも海に行けば何時間でも遊んでいた。

海の本当の恐ろしさを知ったのは、ずっとあとのことだ。専門学校の二年生のときだったから、年齢にすると二十歳《はたち》くらいの頃で、ぼくはつきあっていた女の子と、伊豆七島の八丈島《はちじょうじま》へと出掛けていった。

一日目は遊泳禁止ではないのかと思うほどの大波で、海の中にいると、ふっとばされるように体が投げだされ、何回転もしながら浜まで戻されてしまう始末だった。それはそれでおもしろかったので、ぼくは荒れた波に体当たりを繰り返していた。でもさすがに深いところまでは行かなかった。

二日目、波は打って変わったように静まりかえり、人もたくさん泳いでいた。ぼくは砂浜で肌を焼いている彼女をほったらかして、ビーチベッドを抱えて海の中に入った。本当に、前日のことが嘘みたいに海は静かで、空は青く、太陽がさんさんと光り輝いていた。ぼくは気持ちよくなり、ビーチベッドの上に全身を乗せ、目をつむった。

しばらくしてから目を開けると、いつのまにかブイの数十メートル手前まで来ていた。ぼくは別に気にもせず、ふたたび浅い眠りの中に戻った。次に目を開けたときは、ブイが頭のところまで来ていた。ぼくはすぐにまた目を閉じた。あたりがなんとなく静かになったことに気付き、目を開けると、ブイの外側に出ていた。それでも慌てたりせず、足をバタバタさせてゆっくりと内側へ戻ろうとした。

けれど戻れるどころか、ブイはみるみるうちに遠のき、砂浜にあるパラソルや人の群れが小さな色の点々に変わっていった。漫画の表現を借りていうと、サーッ、と顔の上半分に青い縦線が何本も降りてくるのを感じた。

流されている。

ぼくはそう思い、かなり真剣に手足を動かし、人のいるところまで戻ろうとした。でもどうやってもこうやっても、オレンジ色のブイは遠ざかる一方だった。泳ぎに自信のある人だったら、ここでビーチベッドを捨ててブイへ向かってまっしぐらに泳ぐのかもしれない。でもぼくはそれほど長くは泳げなかったし、何十メートルにもなっているかもしれない海の深さを考えると、ベッドから離れることなんて絶対にできなかった。

そのうちに海岸の全貌《ぜんぼう》が見えだし、水がやけに冷たくなり、チクリと何かに刺されると過剰なまでに足を動かし、ぼくは頭の中でいろいろな生物のことを考えた。サメのこと、オオダコのこと、海ヘビのこと、いるわけないのにピラニアのことまで考え、そして死のことを考えた。それと同時に、このまま流されてどこかの国にたどり着けるかもしれない、なんてアホなことも考えていた。

そしてようやく、とゆーか、さっさと来てくれという感じだったけれど、サーフボードに乗ったライフガードのひとが、パドリング（うつ伏せになり、手だけを動かしてボードを進ませるあれ）をしながら近付いてくるのが見えた。困ったことに、モーターボートでもジェットスキーでもないのだ。

赤と黄色のコンビのスウィムキャップをかぶり、お決まりの赤いビキニで決めている彼は、ぼくのところに着くと、

「大丈夫か⁉」

と言った。

「はあ。なんとか」

とぼくは答えた。

「じゃあまず、そのビーチベッドの空気を抜いて！」

と彼は強い調子で言うけれど、どう見ても高校生くらいの少年で、どんなに多く見てもせいぜい同い歳くらいにしか見えなかった。自分の情けない姿がわかっているぶんだけ、ぼくはそんなことがやけに気になったのだ。けれどたとえアルバイトであっても、父は漁師で母は海女《あま》だったりする、まぎれもない海の男なのだろう。きっと、信頼できるやつに違いない。ぼくは無理にでもそう思うと、白いサーフボードにまたがっている彼が、イルカに乗った少年『海のトリトン』のように見えてきた。

ぼくはトリトンに黙って従うことに決めたものの、ビーチベッドの空気をなかなか

抜くことができなかった。海のど真ん中で立ち泳ぎをしながらだったから、かなり難しいものがあった。トリトンは何も言わずに眺めているだけで、手伝ってもくれない。ほら、そんなもんさっさとしぼませろよ、とでも思っていたのかもしれない。そしてようやく、ぼくがビーチベッドを小さくさせると、

「じゃあきみは、ボードの前にまたがって!」

とトリトンは言って、ぼくのベッドを奪い取るように手にした。

「またがったら、上体をしっかり前に倒す」

「はい、しました」

「一気に進まないと陸に戻れないから、おれの声にあわせて両手で水をかいて」

そう言うなりトリトンは、「いちに! いちに!」と声をあげた。「いちに! いちに!」と言われるまま、ぼくは水をかき始めた。幅のあるサーフボードにまたがり、無理して上半身を伏せているその姿は、まるで二匹のカエルみたいに見えたことだろう。そして不思議なことに静かだった海は、ボードを進ませると水の飛沫《ひまつ》をけたたましくあげ始めた。一見しただけではわからない、強い潮の流れが海には存在することを、ぼくはこの瞬間に身をもって痛感した。

「いちに！　いちに！」

　トリトンは体育教師のように叫んでいた。ぼくは全力で腕を動かした。でも波がものすごい勢いで前からやってきて、目から鼻から口から海水を飲み込み、本当のところ苦しくて腕を動かすどころではなかった。けれど手を休めると、トリトンが後ろから声をはりあげるのだった。

「ほらあ！　何やってんだっ！　戻りたくないのかあ！　いちにっ！　いちにっ！　いちにっ！　いちにっ！」

　トリトンは後ろにいて、そうやって怒鳴り声をあげられるくらいだから、海水を頭からかぶることはないのだろう。ぼくは朦朧《もうろう》とした意識の中で手を動かし、やがてぱたりと動きを止め、するとトリトンが怒鳴り、やっとの思いで手を動かすことを繰り返しながら、ぼくたちはどうにか砂浜へとたどり着いた。ぼくはよろけながらも、

「ど、どーもありがとうございました」

　と鼻のつまった声で言った。

「これからは気をつけるんだよ」

　トリトンはそう言って、ビーチベッドをぼくに返し、長いサーフボードをひょいと

抱えて去っていった。ヒーローというのは遠くから見るぶんにはかっこいいけれど、実際に会うとにくたらしいやつである。ぼくはつぶれたビーチベッドを引きずり、連れのところに戻った。彼女は起きあがろうともせず、

「どーしたの？　こんなに長い時間」

とあくびまじりに言った。ぼくは今までの経緯を話す気力もなく座り込み、ぼんやりと海のほうを眺めた。

それ以来、ぼくは海へ行っても深いところへは行かなくなった。ビーチベッドにも浮き輪にも乗らなくなった。海をあまく見てはいけない。恐怖は大恥をかいて体感しないとわからない。それでもやっぱり、ぼくは海が好きだし、自分の遺骨は海に流してほしいと思う。もちろん、あくまで遺骨になってからの話だけど。

夏時間・冬時間

佐伯一麦

このところ、日本でも夏時間ことサマータイム導入の話題をよく耳にするようになった。

サマータイムは、夏の間、時計の針を一時間進めて、夏場の朝夕の日照時間を有効に利用しようというもので、冬場よりも一時間早く仕事が始まり、一時間早く仕事が終わる仕組みだ。経済協力開発機構（ＯＥＣＤ）に加盟する世界の主な国では、日本、アイスランド、韓国以外の欧米諸国で導入されている。

我が国でも第二次世界大戦後の占領期の三年間、ＧＨＱの提唱と指導でサマータイムが実施されたことがある。しかし現実には、遅寝、早起きとなってしまい、慢性的な睡眠不足につながり、勤労意欲の減退も引き起こすので評判が悪く、廃止されたという。

GHQが、勤務後テニスを楽しむだけのもの、という反発も生まれたようだ。

私は、一昨年の夏から昨年の夏にかけて一年間滞在したノルウェーのオスロで、サマータイムを経験した。

本格的な春を先取りするように、三月の最終日曜日からサマータイムが始まった。もっとも、彼の地ではテレビ・ラジオの類は無く、新聞もほとんど読まない生活をしていたから、連れ合いが留学先の美術大学にいつもと同じ時刻に行ったにもかかわらず、教室に皆が勢揃いして授業が始まっていた、という失敗をして、初めて知ったような次第だった。

それを知ったときに、彼女は、知らぬ間に自分だけが周囲の時間から取り残されてしまっていたような奇異の念に打たれたという。

戸惑っている姿を見てとった同級生に、

「ここはどこ？　わたしはだれ？」

というような顔付きをしている、とからかわれもしたという。

部屋の壁時計、目覚まし時計、腕時計などの針をすべて一時間進めながら、その感覚はよくわかる、と私は頷いた。私自身も、その前年の晩秋、日曜日に街中に出たときに市庁舎の大時計が一時間遅らされていることで、既に夏時間から冬時間に変わっていたことを突然知らされ、自分の時間だけが滞っていたとでもいうような面妖な感覚を味わっていたからだ。

その日、私はずっと墓地を巡っていた。

墓石に刻まれた名前を片端から次々と目で追っていた。既に亡くなっているノルウェー生まれのテキスタイルデザイナーに宛てた書簡小説をずっと書き続けていた。その彼女の墓を探していたのだ。ただでさえ馴染みの少ない横文字である上に、この国の言語の独特の文字が所々に挟まるので読み取るのに苦労した。

狭めた視界の中を何度も黒い鳥が横切った。鴉に似ているが、全身黒ずくめではなく、黒地に腹が白く、背から尾にかけて緑がかった光沢のある青の線が鮮やかに入っており、空を切るように飛ぶ鳥だ。近付いても逃げもしない。

鵲《かささぎ》だった。以前に中国へ行ったときに、北京郊外の十三陵でもよく見かけたから、死者の気配に、棲みつく鳥なのかもしれない、とふと思った。

以前に、案内してくれたご主人と共に墓参に訪れたのは、二年前の真冬の二月だった。雪の原に墓石が林立していた。そして、彼女の墓の近くには、白樺とプラタナスの並木があり、裸木の枝に雪を付けていた。

その樹形にはかすかな覚えがあるのだが、黄葉の盛んな葉をこんもり繁らせていると、まるで見当がつかない。腕時計を見て、いつの間にかもう二時間近くも、ひたすらうろつき探し回っていることになる、と気付いた。

墓石の並びに沿って移動する最中に、ふと地面が陥没したように感じられて、足を取られそうになることがあった。朝霜が降りたのが溶けたようで、少し泥濘《ぬかる》んでもいた。もしかすると、土葬したばかりの跡で土が弛んでいるのかもしれない、と気付くと、死者を踏みつけにしてしまったような畏《おそ》れに捉えられ、それからは、足の運びが慎重になった。

以前の雪景色の中では、平坦な土地が広がっているように見えたが、実際は、地面には結構凹凸があった。墓石ばかりにずっと目を凝らしていた姿勢に疲れて、ふと視線をさまよわせると、自分の居場所がつかめない心地になった。遠近《おちこち》の墓石も、ゆるやかな芝の斜面も、木の肌も、それらのどれもが同じような表情となって、最前に目にしたものかどうかさえ怪しくなった。何度も同じ所ばかりを経巡っている疑いも兆して、山の中をさまよっているような感覚を覚えた。

空間が失われると、時間もつかめない心地となった。

結局墓標を探し当てることが出来ないままに墓地を後にした。郊外電車の乗り場へと続く出口へ向かう途中にも、そこかしこに微妙に色合いの異なった鵲がおり、マイスと呼ばれるシジュウカラの種類らしい黄色味がかった小鳥も囀《さえず》っていた。頭上で何か動く影につと見上げると、丸々と肥えた栗鼠《りす》が姫林檎の実を齧《かじ》っていた。こちらの視線に気付いても、やはり逃げもせず平然としていた。

市街に入ったところから地下鉄となる電車を国立劇場前で降り、オスロフィヨルドに面した埠頭にある、日曜日も開いている食堂で遅い昼飯でも食おうと歩いているときだった。

鐘が聞こえた。

市庁舎の大時計が午後一時の鐘を鳴らしている、と思い振り返ると、長針と短針が真上で重なり合っていた。

今日から冬時間に変わったのか、と自分の腕時計も一時間遅らせてはみたが、何やら釈然としない澱《おり》のようなものが胸の裡に蟠《わだかま》った。

墓場にいるあいだに、自分の時間だけが滞って時差を生んでいたとでもいうような心地に誘われたのだ。


その年のクリスマスに、連れ合いの美術大学の同級生が、夫の農場へ来ませんか、と招待してくれた。

オスロから南へ車で二時間走り、国境を越えてスウェーデンに入ってすぐの海の近くに、その農場はあった。競走馬ばかりを三十八頭飼っており、居間の壁には、愛馬がスカンジナビア杯をはじめとした歴戦で勝利をおさめたときの記念写真が額に入ってずらりと並んでいた。

着いたときは、金曜日の夕方で、ご主人が作っておいてくれたというエルク（大鹿）のシチューをさっそくご馳走になった。少し癖があってこくのある味は、山羊のチーズのヤイオストとベリーを入れているせいらしい。

ワインを飲みながらの食事をした後で、居間のソファに移って地元のジャガイモ焼酎であるアクアヴィットを飲みながら弾んでいた話の途中で、私は、夏時間から冬時間に変わっていたことを知ったときの狼狽《ろうばい》の体験を語った。

するとと彼は、それなら、蟠っていたその時間は、また来春になって夏時間に戻るときに先取りされることになるから結局辻褄が合うじゃないか、と一笑に付した。けれども、私は依然として納得がいかない気分だった。

地元の人々は慣れており、また高緯度に位置しているために日照時間に大きな差があるのでその必要性はあるのだろうが、時間を人の恣意《しい》によって一時間失ったり獲得したりすることの不可解さを覚え、時間を機械的に調整できると考えるところに、彼我の違いが直截的に表れているように私には思えてならなかったのだ。

やや憮然と押し黙った私に、主人はこんな話をした。人間はすぐに慣れるが、動物たちはそうはいかない。飼っている馬たちは、夏時間冬時間の切り替えの度ごとに食事の時間などを毎日五分刻みでずらしていかなければならず、自分の所は馬だけだが、牛を飼っている所では、搾乳の時間をやはりそうやって変えていかなければならないので大変だ。

それでは、自分の適応能力は、馬や牛並みかもしれないな、と笑ってその場での話はそれきりになったのだが……。

今でもときおり、あの死角へと入り込んだ時間のことを思う。そして、夏時間がいつの間にか冬時間に変わっていることを知ったときに、私は、自分が世間に対して死んでいるように感じ取ったのではないだろうか、と考える。

その感触がある以上、それをどこまで持ちこたえて、表現の欲求へと繋《つな》げることが出来るか。そのためには、まず、現在の己の時間を何とかして調達することから始めなければならないようだ。人は透明人間として生きていくわけにはいかないのだから。

たとえ夏時間がなくとも、とかく時間が停滞しがちであり、また「いま」と「ここ」とを容易に失わせがちな、バブルがはじけた後の日本の時間と空間の内実を、なんとか言葉で捉えなければならない、と私は今切実に考えている。

インドの魂

周防正行

初めてインドへ行った。

といってもそれは念願の旅だったわけではない。テレビのドキュメンタリー番組のレポーター、今風に言えばナヴィゲーターとしてインドに行ったのである。

昨年、日本では『ムトゥ踊るマハラジャ』という南インドの映画が単館ロードショー公開され大ヒットした。

それまで日本人にとって、いや映画ファンにとってインド映画と言えば、サタジット・レイの芸術映画で、ハリウッド映画にスクリーンを占拠されていない唯一の国・インドの娯楽映画の実体を知っている人は極めて少なかった。勿論、一部のインドファン、そして映画ファンはインドの娯楽映画を知っていたし、実際に観て楽しんでもいたらしい。

僕はといえば、やはりサタジット・レイしか知らない口で、インドではたくさんの娯楽映画が作られていることを知ってはいても、具体的にそれがどんな映画なのかは知らなかった。

『ムトゥ踊るマハラジャ』は、それなりに面白かった。荒唐無稽な展開とミュージカルシーンの楽しさ、ばかばかしさには思わず拍手喝采してしまった。ただ、歌あり踊りあり笑いあり涙ありの構成は娯楽の基本であるし、踊りや音楽の質は違うとはいえ日本映画に全くなかったものでもなかったので（例えば歌謡映画と呼ばれたシリーズなどはかなり近いものだったと思う）驚きはしなかった。ただ大ヒットしたという事実は映画界における事件だったと思う。インドの娯楽映画を日本の多くの映画ファンが知ったということ、そしてこういった娯楽映画を多くの若者が支持したということは、十分に事件だったと思うのだ。

だからこそ、インド映画の製作現場を訪れ、映画製作の実際を見聞し、そしてインドの観客たちの話を聞くドキュメンタリー番組がテレビで成立したのだろう。

ただ、正直に言えば関西テレビ報道局のプロデューサーから『マサラムービー』（インドの娯楽映画をインドの香辛料にたとえてこう呼ぶ）のドキュメンタリーの話が舞い込んだとき、僕はインド映画そのものに対する興味より、こういう機会でもなければインドに行くこともないだろうという気持ちで引き受けたにすぎない。

悠久に生きるインド。

それは絶対的な憧れではなかったが、機会があれば一度くらいは行ってみたい国だった。

インドへ行くことが決まると色々な人が同じことを言った。

「インドは汚いですよ。臭いしね」

「生水は絶対に飲まない方がいいですよ」

「生ものはダメ。ホテルのグリーンサラダで下痢をした人だっているんだから。うがいをするときもミネラルウォーターにしなさい。勿論プールで泳いじゃダメ、水でも飲んだら大変」

「ホテルの部屋の冷蔵庫からボーイやメイドが勝手に飲み物を飲んじゃうから気をつけた方がいいらしいですよ」

「インドへ行くと、もう二度と行きたくないと思うか、何度でも行きたいと思うか、どちらかだそうです」

たしかにインドは日本に比べれば不衛生だろうし、汚く臭いというのもウソではない。でもまあ僕は一度も体調を崩すことなく、こうして無事帰ってきて原稿を書いている。

出演者ということもあり、確かに健康には気をつけた。生水は飲まなかったし、プールでも泳がなかった。だけどグリーンサラダは食べた。下痢はしなかった。水道の水でうがいもしたが問題はなかった。ボーイもメイドも僕の部屋の冷蔵庫の中身にふれた形跡はない。それにしても見事に皆が同じ忠告をしてくれたというのはどういうことだったのだろう。

ところで外国人と接する機会のあるインドの人は外国人にどう思われているか、よく知っているようだ。例えばホテルのレストランでミネラルウォーターを頼むと、彼らはまだ口がしまったままのボトルを持ってきて客たちの目の前で、まるでワインの栓を抜くようにうやうやしく「カチッ」という音をたてて口を開ける。実際、路上で売られているミネラルウォーターの中には、ミネラルウォーターの容器に水道水や雨水混じりの水瓶《みずがめ》の水を詰めた偽ものもある。従って目の前で音をたてて開けてもらえると安心するのだが、そうしてくれと頼まなくとも彼らは客の前でボトルを開けてみせるのだから、自分たちが信用されていないことを知っているとしか言いようがない。

インドへ行った多くの日本人が下痢をするというのは事実だろう。ただそれは食べ物が不衛生だからだと決めつけることはできない。確かに今回は仕事だったから、僕もスタッフも体調には異様に気をつけていたので食事は一流ホテルのレストランか、町のレストランでも衛生的な所を選んでしたのだが、やっぱり下痢をする人が出た。でもそれは当然のことだと思う。日本の食べ慣れた料理とは違うわけだし、特に香辛料をふんだんに使ったものだから、少し量が過ぎれば胃腸だってびっくりする。つまり多くの下痢は、不衛生から生じるのではなく、香辛料をふんだんに使った慣れない料理を少し食べ過ぎたから起こるのである。多くの忠告は、僕を少し神経質にさせたが、おかげで体調面では殆ど何の問題もなかった。

ではインドから帰った僕は、インドはこの世で最高の場所で何度でも行きたいと思ったのか、それとも二度と行きたくないと嫌悪するようになったのか。

実はどちらでもなかった。また行くような機会があれば行くだろうし、だからといってそんな機会を自分から積極的に作ろうとは思っていない。つまりインドは今まで訪れた多くの国と比べて、何かが特別に違ったということはあまりなかったのである。もちろん様々な生活習慣の違いはあったが、そんなことはどこに行ってもあることだ。

インドは資本主義を追いかける、核は持っているけれど経済的な貧富の差が極端に激しいアジアの大国だった。一生懸命がんばっても、国土が広く、人間も多く、おまけに多民族、多言語なものだから（映画だってそれぞれの地方でそれぞれの言葉で作られている）なかなかうまく経済的な発展を遂げることができない。それが大雑把な印象だ。

とはいえ、インド映画についてのドキュメンタリーの仕事であったから、インドをくまなく見てきたわけではないし、観光客が必ず訪れる「これぞインド」というような場所にも殆ど行っていない。バナーラスもカジュラーホーもタージ・マハルにさえ行っていない。僕が訪れたのはボリウッドと呼ばれるインドのハリウッドことムンバイ（旧ボンベイ）、国立映画学校のあるプネー、世界最大の撮影所・ラモジフィルムシティのあるハイダラバード、『ムトゥ踊るマハラジャ』の大スター・ラジニカーントの住むチェンナイ（旧マドラス）といった具合でインド中西部から南にかけての都市だった。

従って、なのかどうかは知らないが、十代の頃本で読んだ「悠久に生きるインド」など、どこにも発見することはできなかった。悠久どころかムンバイではかつて味わったことのない大渋滞とサイドミラーをたたんで走らねば接触してしまうという前後左右車間距離5センチという無茶苦茶せっかちで乱暴な運転を経験するしまつだ。ムンバイは雨季で、「インドは暑い」という日本人の一方的イメージからも遠かった。車の窓からは雨をシャワー代わりに髪を洗う路上生活者と外国人の乗る車めがけて突進する物乞いの子供、乳飲み子を抱えた女、貧しい老人を毎日見るはめになった。その内、路上生活者の多くは近くの工事現場で働く人々の家族であることが分かった。インドでは日本のように父親が単身で出稼ぎに出るということはありえないようだ。徹底した家族主義であるから、父親が働きに出るところへ家族そろって移動するのである。だから工事現場近くの路上のブルーのビニールシートで作られたテント小屋は、日本の工事現場のプレハブの飯場のようなものであり、そこへ家族全員が移り住んでいるにすぎない。つまり彼らは路上生活者ではあっても物乞いではなかったのだ。

そして物乞いの多くは、外国人狙いのプロの物乞いだった、つまりムンバイでは働こうと思えば職はいくらでもあるのだけれど、彼らが働かないのは物乞いをしている方が実入りがいいからなのだそうだ。

さて、僕はいたるところで映画関係者や観客に尋ねまくった。

「どうしてインドの娯楽映画には、必ず歌と踊りが入るのですか」

ある監督は「観客に夢を与える為だ」と言った。

多くの観客は「歌と踊りのない映画なんて考えられない」と言った。

そういった答えを聞いても、僕は納得できない。この世の中には歌と踊りがなくても面白い映画はたくさんある。

ところが、番組ディレクターの発案で、インドの人たちを集めて行われた『Shall we ダンス?』の上映会で僕は思わず納得してしまったのである。

「舞踊と音楽は人間自身の発明した最初にして最も初期的な快楽である」

このナレーションを『Shall we ダンス?』の中に入れたのは僕自身だ。

インドの観客は、「最も初期的な快楽」を映画の中に求めているのである。

上映後、観客たちは言った。

「この映画にはインドの魂があります」

図らずも僕は自らの映画の中に、インド映画の秘密を発見したというわけなのだ。

犬について

唯川恵

犬が飼いたい。

今のところ、思っているだけだが、できるものなら犬を飼いたいと考えている。犬図鑑を買った。「愛犬の友」も最近、買い始めた。近くの青山ケンネルの前では必ず足を止めるし、お台場のパレットタウンのペットショップにも、二子玉川園の「いぬたま」にも行って来た。

仕草が可愛い。表情が愛らしい。見ているだけで、幸せになる。

小さい時から動物を飼った経験がない（金魚とコオロギは除く）。だから生き物のいる生活、それも犬にずっと憧れてきた。けれども私は一人暮らしだし、マンションはペット禁止である。

それでもいつか、それも遠くないいつか、犬を飼いたいと考えている。

人には犬派と猫派がいるというが、友人のYさんは完璧に猫派だ。

彼女は十八歳の時に拾って来た猫を、十八年間飼っていた。十八年間、彼女はどれほど猫に語りかけてきただろう。家族にも友人にも恋人にも言えなかったことを、たぶん、猫にみんな話してきたはずだ。だから、猫が死んだとの報せを受けた時は、本当に、どう声をかけていいのかわからなかった。けれども、彼女の声は悲しみが満ちながらも、どこかすがすがしさのようなものがあった。十八歳と言えば、猫も天寿をまっとうしたと言えるだろう。つきっきりで看病し、最期も看取った。たぶん、やることはやったという、親としての満足感のようなものがあったに違いない。

彼女の話を聞いていると、猫もいいなぁと思う。猫はひとりでも、犬ほど寂しがらないという。それなら、家をあけることがあっても安心だ。散歩の必要がないのも助かる。散歩は自分の運動と思えばいいのだろうが、雨が降ったり二日酔いだったりした時は、面倒臭いと感じる日もあるだろう。なくてもいいというのはやはり気が楽だ。けれども、猫というのは、飼い主の思い通りにはならない。猫は支配者の血筋だ。その点、犬は仕える生き物である。私の性格からして「来て」と言ったら、来てくれる方が嬉しい。思い通りにならないのは、男だけで十分だ。

まったく、犬は何があっても飼い主が大好きである。よく、コンビニやスーパーマーケットの前で、繋がれた犬が飼い主を待っているのを見るが、他人は目に入らないといったように、店内で買物をしている飼い主を必死に目で追っている。その時の不安な顔ったらない。そして、出てきたら狂喜して迎える。そんな時、知らない犬なのに、飼い主につい嫉妬してしまう。こう言っては何だが「あんな人相の悪い奴」と思えるような相手でも、飼い主ならば犬は惜しみなく愛を表現する。それはもう、見ているこっちが気恥ずかしくなるくらいストレートだ。

ずっと前にテレビで、室内で飼っている犬が、飼い主が外出した後に部屋で何をしているか、というのをやっていた。その犬はいつも、飼い主が出てゆく時に玄関まで見送りに出て、帰って来た時は、足音でわかるのかちゃんと玄関まで迎えに出ているという。でも、その間何をしているかわからないので、知りたいのだそうだ。

飼い主がドアを閉めたとたん、画面に映る犬はそこに座り込んだ。そうして何と、飼い主が帰って来るまで、そこでじっと待っていたのである。ああ、もうたまらない。そういうのを見せられたら、泣くしかないではないか。忠犬ハチ公にしろ、南極物語のタローとジローにしろ、フランダースの犬のパトラッシュにしろ、犬は何て切ない生き物なのだろう。最近では、犬と聞いただけで涙がこぼれそうになる。たぶん、そういったところが鬱陶しいと感じられる人、またはかわいそう過ぎると思う人は、犬派にはなれないに違いない。

私はどう考えても犬派だ。

だから、やっぱり犬が飼いたい。

というわけで、夢はどんどん広がり、最近では、アテもないのに飼うなら何がいいだろうと考え始めている。

飼ってしまえば、どんな犬でも最高に可愛くなるのはわかっている。勝手なことが言えるのは飼う前の今だけだ。

私の残りの人生の時間を考えると、これから何匹かと縁を持つことはできるかもしれないが、体力を考えると、大型犬を飼えるのは最初の一匹だと思える。

だから、どうせなら、大型犬を飼ってみたい。それも見事なくらい、大きいのがいい。

近所で、初めてグレート・ピレネーズを見た時は、感動してしまった。本当にでっかくて、最初、本気で白くまが歩いているのだと思った。真っ白の毛並みの美しいこと。顔立ちは大らかで聡明で、敬虔《けいけん》な神父みたいだ。飼い主が、ものすごく自慢げに連れて歩く気持ちがよくわかる。私だってきっとそうする。道行く人は、みんな足を止め、ほれぼれと眺めている。あんなすごい犬が家にいたら、どんなに毎日が楽しいだろう。

けれども、それからしばらくして、雨の中を散歩している彼（なぜか、大型犬はみんなオスをイメージしてしまう）を見た。これも、ものすごかった。足からお腹にかけて、泥はねでみるも無残な状態だった。帰って、洗って、乾かして、ブローして、と思うと、一日つぶれるのではないか。きっと仕事にならない。でも、すごい。見るだけで、参った、という犬だ。憧れる。

バーニーズ・マウンテン・ドッグは凛々しい。身体が黒で、額から胸にかけて白、それを縁取りながら足まで茶色が入っている。これも大きいが、ものすごく利発な感じがする。最近、よく見るようになった。この間も、外国人の女性（かなり逞しい体型だった）が連れて歩いているのを見たが、力が強くてほとんど引きずられていた。ちゃんと躾《しつけ》をしないと、とても太刀打ちできないだろう。それにしても、見る度にいい犬だなぁと思う。大型犬はたいがいダレーッとしているところがあるが、彼はいつも首をしゃんと上げている。きっと、心強い番犬になってくれるに違いない。

ニューファンドランドもいる。これは六十キロ以上になる。成犬の本物はまだ見たことはないが、子犬は抱いたことがある。そんなに大きくなる犬とは知らずに抱いたのだが、その時「何か違うぞ」と思った。身体の割に足腰がしっかりしていて、小型犬の子犬のような、壊れそう、という感覚がないのである。大型犬はさすがに小さい時から骨格が違う。ちょっと間の抜けた顔をしているところがまた愛らしい。

セント・バーナードは、誰もが知っている犬だけれど、その割には巷であまり見ない犬でもある。私は二匹知っているが、散歩コースや時間帯が決まってないらしく、残念なことにめったに会えない。褒め言葉にならないが、彼は生まれながらに老犬みたいで、そばにいるだけで安心感がある。小さい頃、近所にも一匹いた。いつもたれパンダ並みにだらりと寝てばかりいた。その姿を見ていると、それだけですべてが「ま、いっか」と思えてしまう。飼いたい、ということでは、今のところ彼がダントツだと思っているが、よだれの量がものすごいのが気にかかる。近所にいたのも、映画の「ベートーベン」の主人犬も、「いぬたま」にいたのも、汗のようによだれをたらしていた。それも、粘着度と重量感がたっぷりあるのを。あれを見ると、ちょっとコワイものがある。それに、ものすごく食べるらしい。そうなると、出るものもすごいらしい。大きいのは九十キロにもなるそうで、それで甘えてじゃれついて来られたら、シャレにならないかも、と思う。でも、ふたりでぼんやりと日がな過ごすのを想像しただけで、夢のような幸福だ。

秋田犬は中型かと思っていたが、牡で五十キロになるのもいるとすれば、まさしく大型犬である。純血の秋田犬は、最近、残念なことに見たことがない。粗食で、むだ吠えせず、飼い主への忠誠心もぴかいちだ。子犬の時は、赤胴鈴之助みたいで、大きくなったら、任侠道に生きる男になる。いつもピシッとしていて、こっちが「こんなだらしない飼い主ですみません」と言いたくなってしまう。しかし、彼は守ってくれるだろう。きっと、私のために命をかけてくれるに違いない。他人の秋田犬は怖くて近付けないが、自分の秋田犬とは深い信頼で結ばれるに違いない。日本が誇れる犬である。

犬が飼いたい。それも大型犬を。

というのは、まだまだ夢の話である。そうするためには、クリアしなければならないことがたくさんある。

まず、ペットOKの家を探さなければならない（少なすぎる）。たとえペットOKと出ていても、大型犬だと断られることが多いそうだ。旅行に出る時、安心して預けられるペットホテルか、うちに泊まりに来て面倒をみてくれる犬好きの知り合いも作っておかなければならない。腕がよくて、ボラない獣医とも知り合っておきたい。蛇足だが、自分より先に逝くことの覚悟も、今のうちにつけておかなければならない。そんなこんなを考えると、私の夢はまだ当分かなえられそうにはないような気になってくる。

けれども、ここのところ、外に出るとついつい犬に目が行ってしまう。小さいのも、不細工（すみません）なのも、引っ込み思案なのも、落ち着きがないのも、みんな可愛くて、みんな愛しい。

ロボット犬に行き着く前に、やっぱり飼いたいと思う。

追記

現在セントバーナード♀と暮らしている。夢が叶ったことは嬉しいが、すべて想像以上である。現在三歳半。体重七十五キロ。よだれもうんちもすごい。

「ダブルフェイス」の風景

久間十義

先日、早稲田大学近くのおでん屋で飲んでいて、隣の席でのサラリーマン風の人たちの会話がぐうぜん耳に入った。彼らが話題にしていたのは「東電ＯＬ事件」。数年前、渋谷円山町で一流会社の総合職ＯＬが殺害され、昼はキャリアウーマン、夜は売春婦をしていた被害者をめぐって、世間の好奇の目が集まった例の事件である。

どんな会話の曲折があって、彼らの話題が「東電ＯＬ事件」に及んだのかは判らない。だが、半ばホロ酔い加減の私が、ときどき聞こえてくる彼らの声に耳を澄ませたのは、私自身もこの東電ＯＬ事件に重大関心――というか、この事件をヒントに小説を書いていたからである。

いや、正確に言えば、いまなお書いているというべきか。地方新聞に去年の秋から連載を始めて、まるまる九か月。今年の夏にともかくも原稿を書き上げた。現在はそれに手を入れるべく、ゲラを手元において、あれこれ検討している最中なのである。いい加減に手放さなければ、とは思うのだが、もう少し手を加えればいいモノになるかも……、などと図々しい期待もあって、まだグズグズと思い切れない。その結果、担当編集者には迷惑のかけっぱなしなのだが、そういえば彼には事件の現場である円山町界隈をいっしょに歩いてもらい、いささか恥ずかしい目にもあわせている（なにしろ白昼、男の二人組がホテル街を、いかにも意味ありげにぶらつくのである。はたから何と思われたか判りはしない）。

ついでに言えば、この円山町界隈を歩くというのは、すでに二十五年以上も住んでいるわりには東京を何も知らない私にとって、なかなか刺激的な経験だった。隣が都内でも屈指の高級住宅地・松濤で、その松濤と元三業地・円山町との間に開いた意識や風景のギャップは、「東電ＯＬ事件」を思う私を、何かしら徴候的な気分にさせたからである。

どう言えばいいか。三善英史の歌に『円山・花街・母の街』というのがあったと思うが、一方で高級住宅街が「昼の顔」として存在すれば、そのすぐ隣にヤヌスの片面のように「夜の顔」の色街が存在する。そしてその一方から一方へは、ほんの数歩。

細い道を横切るだけで往来できるのである。

「東電ＯＬ事件」の被害者の「昼の顔」から「夜の顔」への移行が、この松濤から円山町へのほんの数歩の移行とピッタリ同じとは言わない。けれど、ふらふらと足の向くまま元三業地から高級住宅地へ、あるいはその反対へと歩みながら、人間の持つダブルフェイス的な側面について、しばし考えさせられたのも確かなのである。

ところで円山町を「三業地」と書いて思い出したが、いまこの言葉を聞いても、少なくとも四、五十歳くらいまでの人間はピンとこない。ひどいときは「産業地」の誤りではないか、と思うかもしれない。芸者屋と料理屋、待ち合い。これが三業で、この三種の営業地が三業地。要するに花街である。

――なんて、偉そうに書くが、実は恥ずかしいことに私もよくは知らなかった。数年前から早稲田大学の文学部で学生諸君といっしょに小説を読む講座を持っていて、今年のテーマは情痴小説。必然的にその種の場所についての言及が多くなって、学生諸君の前ではあたかも見てきたように喋っている自分に気づいて、ハッとする。

その三業地の後身である円山町には、だから見るからに小粋な料理屋や「待ち合い」の後身であるラブホテル（現在は若い女性たちにファッションホテルと呼ばれるらしい）が林立し、ひょいと小路の奥に入ると、お参りすれば「絶倫」になると信じられているお稲荷さんが存在する。

見てきたこともないのに往時が良かったなどと言えば口が曲がる。しかし、円山町が現在のようにホテトルその他をはじめとするフーゾクに席巻される以前は、ずいぶんと様子が違ったはずで、その違ってしまい、イマふうになった場所に、道玄坂や文化村通りから茶パツのニーチャン、ネーチャンがごく自然に入り込む。

何度か足を運んで気づいたが、円山町は表通りのビルから入って裏に抜ければ、もうそこはラブホテル。しかも、それが例えばニューヨークのデザイナーズホテルを真似たスタイリッシュなものだったり、ふと横に目をやれば若い男女御用達のクラブーもあったりで、日常の裏と表がアッと言う間に切り替わる不思議な空間だ。

くだんのＯＬ殺人事件の被害者は、そんな街の一角で客をひいていた。これが新宿歌舞伎町だったならば、また違った記号性を帯びるところを、事件は渋谷円山町で起こったのである。その事実のもつ意味合いが私自身の中でことりと腑に落ちたとき、加筆中の原稿は私の手を放れるはずである。

最後に一言。そのとき出来上がる小説は、例によって必ずしも事件をそのままなぞるものにはならない。私が狙ってるのは事件の解明ではないし、被害者ＯＬの心理解剖でもないからだ。事件によって引き起こされた反応――というか、事件を消費する私たち自身のありようを、娯楽小説の形式を借りつつ、浮かび上がらせたいのである。意図がどこまで理解されるかはわからない。また意図した通りに書けるかどうかもわからない。しかし、ダブルフェイスであるのはひとり人間ばかりではなく、小説だってそうであってもかまわないはずだ。

インド以外に住んでいるインド人を巡る旅（仮）

小林紀晴

インド以外に住んでいるインド人を撮りに行くことを、ぼくはここ一年半の間に何度も繰り返している。タイトルらしいものをつけるとすれば「インド以外に住んでいるインド人を巡る旅（仮）」ということになるのだが。

ある人にこのことを喋ると、

「それにいったい何の意味があるの。大学生や高校生が就職もできない時代に、そんなことやってていいの？　リストラされるおじさんのゲンジョウを知ってんの？　インド以外に住んでいるインド人って何か役に立つ？」

というお言葉をいただいた。

ぼくは即座に「きっと何の役にも立ちません」と答えた。

撮影に出かけるたびに、ほとほと実に意味のないことをしていると思う。しかし、意味がないことにこそ意味はあるのではないだろうかと、強引に思うことにしてみる。そして旅先で「もう少し撮るか」などと独りごとを言って立ち上がって、インドではない町をインド人を探して歩くことを繰り返す。

意味も意志もかなりあやしいが、旅を始めようと思ったきっかけだけは、明確に存在する。というか、きっかけがあって、その後はほとんど何もないんだけど。

ちょうど二年前の冬にぼくは突然ハワイに一週間だけ行った。

「ハワイに一人で行くヤツなんて絶対にいない。女の子と秘かに成田で待ち合わせて行ったはずだ」

何人かの友達にはそんなことを言われたが、その時僕は本当に一人で行って、ワイキキビーチでふぬけのようにぼんやりした。歩いて行ける範囲以外どこにも行かなかったし、日本食以外食べなかったが、唯一出かけた場所は、動物園だった。

チケットを買って園内に入ってすぐの場所にフラミンゴがうじゃうじゃと気持ち悪いほどいた。強い日差しをうけてピンク色がプラスチックのように反射していて眩しくてしかたがなかったのだが、そこにインド人のおばさんが二人立っていた。

どちらのおばさんも色鮮やかなサリーを身にまとっていて、その向こうにフラミンゴの集合体が一つの軟体動物のように動いていた。

かなりミスマッチな風景だなと、ぼくは思った。すかさず、コンパクトカメラをポケットから出してこの光景をカメラにおさめた。

そしてハワイから日本に帰った日、どうしても牛丼が食べたくなって六本木の吉野屋のカウンターで牛丼を食べていると、なんとまたもやサリーを着たインド人のおばさんとおじさん計二人が入って来て、ぼくの隣に座ったのだ。

ヒンドゥ教徒であるインド人にとって牛は神様だから、絶対に吉野屋に来るはずがない。きっと彼らはここが牛丼の店とは知らずに来てしまったに違いない、早くこのことを教えてあげなくてはと、ぼくが腰を浮かしかけた瞬間、おじさんが低い声で、

「カウ・ボール、ドゥイ」

と言った。ドゥイとは二つという意味だ。食べちゃって大丈夫？　とぼくは思ったのだが、彼らは卵をのせハシを器用に使って食べ始めた。これまた恐ろしいほどにミスマッチな風景であった。卒業式にサリーを着て出席する日本の女子大生の理解不能さの少なくとも一〇〇倍は理解不能で、インパクトをもっていた。ぼくはこの時ほどカメラを持っていないことを悔やんだことはない。

これらが旅のきっかけだ。頭を抱えるほどくだらないということは十分わかっている。シバ神も笑うかもしれない。しかし、できることなら世界中のインド人を撮りたい。どこかに旅費を出してくれる物好きなマハラジャはいないかと実は真面目に願ってもいる。

それから数カ月後にぼくは、なんとなくタイとマレーシアのインド人街でも行ってみるかという感じで向かったのだ。

こんな動機から始まった旅なので、ぼくは自分に一つのことを課した。別にそんなものは課すこともなかったのだと旅先では時々後悔する羽目になったのだが、それは今も課せられたままで、ちなみに劇的な結果や苦労のかいあってというおいしい思いは、いまのところしていない。

課したこととは4×5（シノゴ）と呼ばれる大型カメラでこの旅を撮るということだ。フィルムの一枚の大きさが縦12・5センチ、横10センチというバカでかさなので、当然、カメラも巨大で三脚も大きくなくては撮れないし、フィルムを買ったらチケット代より全然高くなってしまって、つくづくトホホの気分になってしまったのだが、課したからには課すのだと呟きつつ成田を発った。

何度もインド人街に向かって、そこで多くのインド人（正確にはインド系の人たちということになるのだが）に会っていくうちに、おそろしいまでに意味がないと思えていた自分の行動とか、そこで写真を撮るということに、やはり意味が芽生えることはなかったが、幾つかの発見はした。

インド料理店で毎朝、ロティーと呼ばれる薄いパンのようなものとチャイという甘いミルクティーを飲み、昼に再びやって来てチキンカレーを手で食べ、暇つぶしのようにインド寺院に行ってみたりということを何度も続けていると奇妙な気分になっていった。

ここがマレー半島ではなく、どこにも存在しないもう一つのインドではないかという気分に陥ったのだ。誰も知らない新たなるインドに自分はもうずっと前からいて、朝起きてゲストハウスの窓を開けると、そこは不意にチャイナタウンだったり、高層ビルがあったり、マレー系ムスリムの女の子が歩いていたりするという時空がねじれていくような妙な感覚だ。

つい最近も、ぼくはインド人街へ行ってきた。向かった先はシンガポールで「ディ

パバリィ」と呼ばれるヒンドゥ暦で正月にあたる日だった。二〇五六回目の新年で、あるインド人は、

「インド人はすでに二一世紀を生きている」

と真面目な顔をして言った。

インド人街は一つの大きな通りを中心にしてあって、そこから少しずつ遠ざかっていくと次第にその色合いが薄くなっていき、中国人の色合いが逆に濃くなっていく。歩いているとその境目みたいな風景に出会った。少しさびれた裏通りなのだが、インド人が経営するインド料理店と中国人が経営する中華料理店が隣り合っていて、そのどちらにも客がたくさん入っていた。当然だがインド料理店にはインド人だけが、中華料理店には中国人だけが入っていて、例外はまったくない。さらにその前の路上にイスが置かれて人があふれていたのだが、それにも例外はなかった。中華料理店の前では中国人が将棋をしていて、それを見ているやはり中国人だけの輪ができていた。

「どんなことがあっても、インド人が中国人と将棋をすることもないし、あの輪に加わることもないのだな」

と思いつつ、ぼくはさっそくこの風景にカメラを向けた。「境界線上の将棋」なん

てタイトルがふさわしいだろうかと思いつつ、何度かシャッターを切っていると、中国人の店の前で小さなイスに座っていた老人がぼくに向かって大声をあげた。

ああ、あの人怒ってるよ。

言葉の意味は当然わからなかったが、それだけはきちんとわかった。でも無視してシャッターを押そうとすると、老人はいきなり立ち上がった。

やがて、ぼくの前まで来てまた怒鳴った。つばが顔に飛んで来た。顔が真っ赤で本当に殴られるかもしれないと思った。

ぼくは、即座に敵意がないところだけでも見せようと、「意味もなく曖昧に微笑む日本人」の笑顔を自然とつくっていた。すると老人はブツブツと何か言っただけで立ち去った。これを多くのインド人が何ごとかと好奇心まるだしで見ていた。

「やっぱり、かわらないんだ」

と少し落ち着いてからぼくはつくづく思った。それは民族の持っている性質みたいなもののことだ。

以前中国を旅行している時、写真では嫌な思いばかりした。遠くから撮っただけで何度も怒鳴られたし、店先に並んでいるバナナにカメラを向けたら犬猫を追い払うように石を投げつけられたりもした。

中国人は他人が不意に撮る写真が、恨みのごとく大嫌いだ。これは中国に行ってカメラを持って一日町を歩いてみれば誰でも思い知る（ちなみにポーズをつけた記念写真はとても好きだが）。

同じことをインドに行って実行すれば、インド人がどうしてここまでと思うほどの写真好きであることを人は知る。

カメラを向けた時の極端なまでの反応の違いが、それぞれの国から遠く離れたこんな路地裏にそのままのかたちで存在していた。この国の彼ら、つまりはインドを知らないインド人と、中国を知らない中国人はこのことをはたして知っているのだろうか。

シンガポールにかつて存在した日本人街なんてものが、もしもいまもあったら、そこにいる日本人はきっとぼくと同じように写真を撮ってやはり中国人に怒られて、同じように曖昧に微笑むのだろうか。でもそんな日本人は存在しないのだから、またもや（仮）のままなんだけど。

P.S.ちなみに、その後「インド以外に住んでいるインド人を巡る旅（仮）」は

「インド以外に住んでいるインド人を巡る旅」ではなく、「遠い国」という名で刊行されました。

「お能」発見

光野　桃

階下から不思議な音が聞こえてくる。よく乾いた木が刃物で小気味良く削られるような、鋭い、それでいてどこか柔らかな奥行きを含んだ音だ。早いリズムを刻んで近付いてくる。

人気《ひとけ》のない板張りの廊下は寒さが体の奥まで染み込んでくる。わたしは正座し、膝の前に扇を置いて、稽古の始まるのを待っていた。

強い足音が階段を上り、目の前を何人かの若い能楽師たちが足早に通り過ぎた。あ、と思った。あれは袴の衣擦《きぬず》れだったのだ。なんという美しい音なのだろう。深い緑と灰色との入り交じった、鉄藍色とでもいうのだろうか、揃いの稽古着に身を包んだ若者たちは、頰の引き締まった凜々しい風貌に見えた。洋服を着ていれば、どうということのない、普通の、むしろ地味な青年だろう。袴という装束が、日本の男の顔立ちや体型をこれほど引き立てて見せるものか、と驚いた。

そして子どもの頃、よく母から聞かされていた祖父の袴姿を思い描いた。毎年、元日のまさに十二時、真っ暗な中を紋付き袴で年始回りに出かけたという祖父の姿は、惚れ惚れするような日本の男子だっただろう。時代がワープする奇妙な感覚。廊下の先にある能舞台から、地謡《じうたい》の斉唱が聞こえてきた。うねるような男声の謡は下半身に響き、やがて胸の方へとじわじわとのぼってくる。身を任せたいが、そうさせてもらえない冷ややかさに身悶《みもだ》えする。現実であり、現実でない、音、色、声、姿。ああ、この時がいつまでも続けばいいのに——。能楽堂の楽屋で、稽古の番を待つわずかな時間は、心震えるような非日常に彩られている。

お能の稽古を始めて、ふた月ほどが経った。もともと漠然とした興味がないわけではなかったが、能楽堂は歌舞伎座のように気楽な気持ちではなかなか行かれず、敷居の高さに、ただ遠巻きにするといった気持ちで、たまにテレビなどで眺めるだけだった。それがある時、お能を長く研究しているアメリカ人の学者に出会ったのである。この道二十余年、日本人より日本文化に精通している彼に誘われて、初めて目黒の喜多能楽堂へ行った。そして一気に引きずり込まれた。

紫、白、朱、黄、緑の五色の幕がふわりと上がると、シテが音もなく立ち現れる。あぶり出しの絵が出現するかのごとく、ゆっくりと、また一瞬にして、それはいつのまにかそこにいる。滑るように動いて橋掛《はしがかり》を渡って来る。背中がぞくりとする。なにかただならぬことが、いままさに起ころうとしている。息を詰めて待つ。低くたなびく煙のような大鼓の音。声なき声で泣く能管。一曲を舞い終わり、またシテが幕の中に消えていくとき、寂しく悲しい気持ちになった。もう一度戻ってきてほしい。だが、それは二度と目にすることはできないのだ。

能舞台には風があった。この世とあの世のあわいを一陣の風が吹き過ぎるとき、幻のように人の姿が浮かび上がる。それは熱情を秘めた魂そのものであり、生きるかなしみと歓びへの執着である。古典の難しさでもなく、眠くなるような退屈さでもなく、初めて能楽堂で観たお能は、前衛的でむしろ激しい舞台芸術に感じられた。洗練されてはいるが、人間的で、魔性を持った演劇だと思った。もっとそこに近付いてみたい……。見終わった後、わたしはもう心を決めていた。

稽古を始めることになってから、はっと気付いたことがある。正座である。子どもの頃から正座が苦手で、よく親に叱られたものだ。邦楽に正座はつきもの、あんた、どうするのよ、と母親は笑っている。初稽古の一週間前から家で正座の練習をしてはみたが、そんなものは焼け石に水だった。というより、稽古中は緊張で足の痛みなど感じない。終わって足袋を脱ぐと、足は真っ赤になってぱんぱんに腫れている。

稽古は、仕舞十五分、謡十五分という短いものだ。なあんだ、そんなに短いのか、だったら大丈夫、などと思ったのは初心者の浅はかさ、まず、立つことすらできないのである。鏡に映った先生の立ち姿と自分のとを比べてみると、ただ立つ、それだけなのに、まったく違う。腰が据わっていないというか、なんとも心もとない貧弱な立ちなのだ。それにあの、摺り足。足裏で床をしっかりと摑んで、圧力を掛けるように、とは確かタンゴを踊るとき、ダンスの師にも同じことを言われたなぁと思い出すが、体はまったく動かない。腰で上半身をどっしりと支え、全身に力を入れるが、硬直してはだめで、柔らかくリラックスした状態で、しかし両手はテントの紐で張られているように……など、頭ではわかっても体はばらばらになりそうだ。

「仕舞はね、クラシックバレエと同じなんです。型ですね。型がすべて。それぞれの型に意味はないのです」

「イ、イミハナイ……」

「そうです。ただひたすら型を学ぶということですね」

型を完全に自分のものにしたとき、型を超えて演じる者の人間性が表出する、といつか白洲正子の本で読んだことがある。何事にもイミをつけて考えようとする癖のあるわたしにとっては新鮮な発見だったが、そんな日は遠すぎて目眩がする。

先生は五十になったばかりの、まさに脂の乗り切ったところという能楽師だ。三人の娘さんを持ち、その話をするときは目尻が下がって実に優しい父親の顔になる。稽古中もきついもの言いなど決してしない。だが、物心ついた頃から伝統芸術の世界に生き、一生をその研鑽に捧げている人というのは、底知れぬ怖さというか、厳しさがある。それを感じるから、緊張で汗びっしょりになる。

仕舞が終わると、次は謡の稽古である。膝に扇を置いて背筋を伸ばす。その姿勢をした途端、別の次元に連れて行かれる。最初に驚いたのは、稽古が口写しであるということだ。テキストを読んだり、メモを取ったりする時間はない。先生の後について必死で音を取る。全身が耳に、いや神経になる。謡本には、不思議な記号がたくさん書かれていて、いわばそれが譜面なのだが、西洋音楽のように決まった音階というのがない。音の強弱、高低、伸ばすか切るか、というだけで、自分の音取りでやるしかない。そう言われても、自分の音取りがまずなんだかわからない。とにかく先生の音を真似してなぞる。

謡の音階は、まったく経験したことのない中間的なものだ。ただ聴いていたときは、それが邦楽なのだと漠然と理解したつもりでいたが、いざ、実際に声を出そうとすると、いままで出したことのない音階であることにとても戸惑う。その不思議な高低、リエゾンや言葉の切り方は、宇多田ヒカルなどの比ではない。いったいどこからこのような歌の表現ができあがったのか。考えてみれば、生まれたときから西洋の音楽しか耳にしてこなかった。初めて習う音楽がすでにドレミファで出来ていて、それ以外の音が存在するということなど、ほとんど知らないできた。しかし、謡を西洋の音階で理解しようとしても無理なのである。西洋を捨て、まっさらな気持ちになって、先生の声に体で共鳴しなくてはならない。その一瞬、一瞬で体に覚え込ませなくてはならない。一時も気が抜けない、それが口伝《くでん》ということなのだ。

最初の焦りは、だが次第に快感に変わってくる。お腹の底から思い切って声を出す。真っ直ぐに、つくらずに、と先生が言う。オペラを歌う人の気持ちよさもこんな感じなのだろうな、と思う。だが多分違うのは、謡の音が日本人の体つきに合っているということだ。体にくる、その感じが病みつきになる。それはほとんど官能的ともいえる感覚だ。日本語の、言葉の力強さ。一語一語をしっかりと区切って謡う。神が降りてくる。天の岩戸が開かれる。宇宙のどこかに回路が繋がり、そこから清々しい気が流れ込んでくる。

じゃあ、今日はこの辺で。先生の声に我に返り、稽古は終わった。廊下で着替えをしていると、外国人の弟子が入れ替わりに部屋に入っていった。彼には、お能がどのように感じられているのだろう。外国の芸術として鑑賞するというだけではなく、実際に体験したとき、お能がその血とどうリンクするのだろう。かつてお能に惹かれた何人かの外国人の意見は本で読むことができるが、そうではなく、今、この時代を生きる彼らの話を聞きたいと思った。

少女の頃から、西洋への強い憧れと、同じだけのコンプレックスをもって、わたしは育ってきた。目はいつも海の向こうを見つめ、実際に暮らすことでなお、その思いは強くなった。それは日本という横並びの世界に耐えられない、自分の中の過剰さを見つめることでもあったのだと思う。

だがいま時を経て、わたしはお能に巡り合った。それは一見、ぎりぎりまで無駄を省いた洗練の世界に見えるが、むしろ洗練のもつ脆弱《ぜいじゃく》さとは無縁の、土着的な、地を這う魂の発露に感じられる。たった三十分の稽古でぐったりと疲れるが、その疲れが過ぎると瑞々しい力が全身に蘇り、稽古の前よりもエネルギーに満ちていることに気付く。お能は、日本人であるわたしの本能に効き目がある。

ある日、友人から電話がかかってきた。今度、マジックマッシュルームを食べてお能を観に行こうよ。な、なんという大胆不敵な。そんな不遜なこと、考えるだけでも身が竦《すく》むわ。そう言ってから、ふと思った。いや、もしかしたらそうではないのかもしれない。お能という歌舞劇は、それだけの懐を持ちあわせる、熱く深い芸術なのかもしれない、と。

発見の日々

吉本ばなな

先日、ノーベル賞をとった奇人化学者の本を読んだ。とてもいい本で、これまでにいろいろ「本当かな？」と思っていたあいまいなことが一挙にすっきりした。たとえば、「フロンガスがオゾンホールに穴をあけるって、そんなことってあるのかなあ？」とか「コレステロールが多いってそんなにただただ悪いことなのだろうか？」とか「エイズはほんとうに単なるウイルス感染なのだろうか？　だとしたらどうして治療薬が見つからないのだろう？」とかまあそういう感じのことだ。

そのマリス博士という人は本当に天才肌の変わり者で、知性は一級、歯に衣をきせずにしゃべってはいけないことをばんばんしゃべる。自然を愛し、サーフィンを楽しみ、今の妻に出会うまでたくさんの女性と恋愛をし、占星術の可能性について考え、宇宙人の存在を考察し、ＬＳＤをたしなみ、製薬会社の悪を率直に語っている。この世の神秘はすべて解明できなくても、まず自分自身がそれらに対する態度を柔軟に、しかし考え抜いて結論を出しておくことで人生はかなりはっきりした明るいものになる、という希望を感じる本だった。

まあ本当に面白い人だ、と思いながら読みはじめて、なんだかこの人は誰かに似ているなあ、と思った。今にも絵が浮かんできそうだった。そしてすぐにわかった。この人は姉の描く漫画に出てくる人びとに似すぎているのだ！　このロマンと化学と奇人の混じり具合、自由な風、熱い理想。姉の漫画にそっくりだ。そういえばどの部分も頭の中で映像のようなものを描くとき、いつのまにか姉の絵で考えていたことに気づいた。

そこで私は漫画家である姉に電話をして、この本をすすめてみた。

姉は買ってきて読み、やはりとても共感を覚えている様子。やっぱり！　と私は思い満足したが、おまけがあった。姉が突然、「いやあ、誕生日が同じなのには感激したね。」と言ったのである。私は彼の誕生日が書いてあるところを見逃していた。そうか、この世はやはり、何か神秘的なつながりのようなものがあるんだなあ、とすごく納得した。著者もまさか、日本で同じ誕生日のよく似た資質の人が自分の本を読んで心底共感するとは思わなかっただろう。

読まれるべくして、読むべき人のところにその本が届く、そういうのを見ると、人ごとでもちょっと嬉しい。

亡くなった人のことを書くのはちょっと不謹慎だが、気になるので書いてみる。

近所においしいインドカレーの店があった。ご主人は若いのにカレーに並々ならぬこだわりを見せ、何回もインドに行っては新しいバージョンのメニューを作っていた。この間行ってみたら「またインドに行って修行してきます」と張り紙がしてあって、私は彼の帰国を待っていた。しかし店はいつまでたっても開かれず、最近ついに改装がはじまり別の店になりつつあった。

そして、近所でバイトしている子から何があったのかを聞いた。

ご主人はインドから帰ってきて、交通事故で亡くなったというのだ。

とても悲しかったが、私はちょっとぞっとした。二年ほど前、私はとても大好きだった別のインドカレーの店のマスターを交通事故で失っていた。

彼は友達の友達だったのだが、すばらしい人で、本当においしいカレーを作った。私の感じでは、彼のカレーは東京では一番だと思う。遠くからわざわざ食べに行って彼のこだわりの味に触れるといつも新発見があった。もう食べられないのが悲しいし、彼の味はまだ舌に残っている。一生忘れないだろう。

彼もまた、インドに修行に行ってこだわりのインドカレーを作っていたのだった。

そこでふと思った。果たして、インドに修行に行ってこだわりのインドカレーを作っている頑固マスターが交通事故（しかも両方たぶん飲酒運転のひき逃げだ、全く許せない話だ。あの味を地域の人たちがどれほど宝に思っていたか！　彼らはとても大切な人たちだったのだ。免許取るならちゃんと責任持って運転しろ！）で亡くなる確率と、そのふたりとも知っている確率というのは、どのくらいなのだろう？

かなり低いような気がする。

それがどうというのではないけれど、なんとなく「…」と思った。

それとは全然関係ないけれど、今、私は久々に体を整えようと思っていろいろやっている。単に仕事に区切りがついたからなのだが、歯を治し、長く行けなかった皮膚科にも行き、ケロイドの治療もし、ロルフィングという体を調律するものもちゃんと十回セットで根気よく受け、ついでに皮膚科のとなりのレーザー脱毛もしようとしていた。三十すぎても足の毛の手入れのことばかり考えて夏を過ごすのがいやになった

で、用事があって久しぶりに電話をかけた友達が急にこう言い出したときにはやはりびっくりした。

「なんか今の時期は体をいろいろ整えようと思ってさあ、けつのいぼを取るために病院も行くし、エステで脱毛もしたのよ。」

東京に住むキャリアウーマンが同時期に突然体を整えたくなり、生まれて初めて永久脱毛を試みる確率ってのは？

これはけっこう高いのかもしれないが、なんとなくやはり「…」と思った。

しかしこういうことを本気で熱心に考えてしまう病気、それが分裂病だ。私はほんもののその病気の人にもたくさんあったし、薬でそういうふうに一時的になってしまった人はもっとたくさん見た。

重さによって症状は違うが、みな一様に「この世のさまざまなことの関連性」について熱心に考えていることは確かだった。「…」程度で終わる私とその人々との、たぶんわずかな、差とはいったいなんなのだろう？

と思いつつ、村上龍先生の新しい本を読んだ。まさに話題は私にもタイムリーだった。私の「…」がちっぽけに思える内容だった。やっぱり器が違うな。

それは引きこもりとネットについて書かれた時代的にもタイムリーな小説だった。ものすごい本だった。眠れない朝五時に読むのがいちばんふさわしかったのだろう。読んでいる間、ほんとうに分裂病の人の頭の中に入っていっている感じがした。しかもすご——くこわかった。あんなにむちゃくちゃこわい本、誰も喜ばない内容なのに、あんなに面白い上にすごい描写力に満ちあふれた救いのない本を書くなんて、彼はなんだかわからないが、やはり偉大だ。そういうモチーフに取り組んでいるというだけで、しかも成功しているという点で、真にえらいと思った。

が、こわくて眠れなくなり、寝たら悪夢を見るし、あの本が家にあるというだけでこわいというくらいこわかったので、そういう偉大なことは彼にまかせて、私はのんきな本を書いていこうと思った。あんなの書いたら私は狂ってしまうだろう。龍先生は自分で書いていて気が狂いそうにならなかったのだろうか？　彼のその、「自分は狂わない」という力をなんだかいとおしく思った。

・２００１年８月より、よしもとばななにペンネームを変更した。

ダンフミは何になりたいか

檀　ふみ

私は、女優である。

私は、女優である。

私は、女優である。

ワープロが壊れたわけではない。

このくらい書かないと、誰もそう認めてくれないのではないかと、ふと不安になって、思わず書いてしまったのである。

もう四半世紀以上もこの仕事をやっているのにもかかわらず、「私は女優なのよ」と声を大にして言わなければ、誰からも信じてもらえないような気ばかりする。

昔々のことだが、デビューして間もない秋吉久美子さんが、「どんな女優になりたいですか？」という質問に答えて、こんなふうにおっしゃっていた。

「いつまでも『どんな女優になりたい？』って訊かれる女優になりたい」

この言葉が印象に残ったのは、私も同時期にデビューしていて、同じような質問を何べんも受け、そのたびに返答に窮していたからである。けれども私の場合は、「どんな女優になりたいの？」とは訊かれなかった。

「ダンさんは、一体何になりたいの？」

と、訊かれ続けていた。

「女優」は、私が選んだ道ではない。気がつくと、もう断るに断れない状況になっており、泣く泣く最初の一歩を踏みだした。すぐに普通の学生生活へと踵《きびす》を返すつもりだったが、芸能界はそんなに単純なところではない。一歩はまった足は、あの手この手にからめとられ、たちまち身動きがとれなくなった。

私は不安だった。どう考えても、自分は女優向きではないような気がする。右を見ても左を見ても、女優になるために生まれてきたような人ばかりの中で、自分の存在はいかにも場違いである。

「ダンさんは、一体何になりたいの？」

と、たびたび訊かれたのは、はた目にも私の戸惑いが明らかだったからかもしれない。

そういった質問に、「女優です」と、やや憮然と答えられるようになったのは、その「女優」という仕事を始めてから、優に十年は過ぎた頃だった。

自分には向かないと思っていた女優だが、よく考えてみれば、こんなに向いている仕事もない。「女優は待つのがショーバイ」と言われるが、私はノホホンとした性格、平たく言えばノロマである。「待つ」のがちっとも苦ではない。「女優はアレコレ気を回さず、泰然としていたほうがいいの」とも言われるが、私は「泰然たること富士山のごとし」である。暑さ寒さに強い。どこでも眠れる。頑丈である。汗をあまりかかない。トイレが遠い。声が大きい。目が近い。

演技力さえ云々しなければ、ほとんど女優の要件を満たしているではないか。そのことに思い当たって以来、「女優になりたい」というのが私の夢になった。それも、ぜひ「いい女優」になりたい。

そうとかたく心に決めてからも、はや十有余年になんなんとするが、いまだに「女優なんて好きじゃないんでしょ」「本当は、何をやりたいの？」と訊かれることがある。

私は本当に、女優になりたいのに。

さて、その「女優になりたいダンフミ」であるが、このたび、三冊目のエッセイ集『まだふみもみず』を上梓することになった。アガワサワコとの共著『ああ言えばこう食う』も含めれば、四冊目。

自分で書き、自分で出すことを決めたとはいえ、ちょっと途方にくれてもいる。というのも、世間は、ダンフミがまじりけなしの「女優」であるなどとは絶対に認めてくれず、なんとか「エッセイスト」という肩書きをくっつけようと、虎視眈々とスキを窺《うかが》っているからである。

今でさえ、女優の仕事の依頼より、原稿依頼のほうが多いのである。「エッセイスト」なんて名乗ったら、みずから墓穴を掘ることになる。ここ十数年、いい女優になるために営々と積み重ねてきた努力（なんてあんまりしてないけど）が、すべて水の泡になってしまうではないか。

「『エッセイスト』という肩書きだけは勘弁してくださいね」

と、二冊目の本を出したとき、私は、取材に来た記者に懇願した。

「たった二冊で『エッセイスト』なんておこがましくて申し訳ないですから。エッセイ集を五冊出したら、堂々とそう名乗ります」

一冊目から二冊目を出すまで、十三年の月日が流れていた。このペースでいけば、五冊目は八十歳ということになる。

ところが、それから二年もたたぬうちの、四冊目である。秋口には、『ああ言えば……』の続編も出ることになっているから、「堂々」の五冊目を達成してしまう。「五冊」を「十冊」に上方修正するかなと、いま、力なく思ったりもしている。

本当に、ホンモノの女優になりたければ、書かなければいいのである。

しかし、それができない。

書くことは、父の死後にできるたったひとつの親孝行と思うからである。

私の父は作家だった。

それも「書くことを『至上のこと』と考えていた作家だった」と、今度の本の端書きに書いた。

「そうかしら……」と、母は疑わしげである。

「いつも、書くことから『逃げたい』と考えていた作家じゃなかったかしら……」

確かに、父は書くことが好きそうには見えなかった。締切りが迫ってくると、のらりくらりと言い訳を考えた。子供の怪我、母の病気、なんでも原稿が書けない口実に使った。とうとう、どうしても書かなければならなくなって、やっと書斎にこもって仕事をする。そんなときにお手洗いに立ったところにでも出くわすと、まるで鬼のような険しい面相に変わっていて、はっと息をのむことがあった。

それでも、父にとって書くことは「至上のこと」であったと、私は思う。

年に一度か二度、深夜、酔っ払って帰ってきた父が、子供たちを叩き起こし、食堂に集めて、説教を垂れることがあった。

「奮闘しなさい」と、繰り返し父は言った。

「人間は、種の保存の本能から、奮闘するものを愛します。人の百倍奮闘しなさい。そうすれば、人は百倍あなたを愛するでしょう」

「チチの目の黒いうちは、どんなことをしてでもあなたたちを守ってあげます。でも、悲しいかな、親は子より先に死ぬものです。だから、奮闘しなさい」

そして、最後に必ずこう結ぶのである。

「チチが死んだら、あなたたちが世に出る道がひとつあります。チチのことを書きなさい」

私が女優になるのをぐずぐずとためらっていたときも、こんなふうに言って、私の背中を強く押した。

「失敗したっていいじゃないか。女優になっていろんな経験を積めば、三十歳くらいになって、何かいいものが書けるかもしれないよ」

こういった場合、娘が「どうしてもやりたい」と言い張り、親が「なんとしても許さぬ」と反対するのが、世間一般の構図というものだろう。おまけに、娘は「やりたい」どころか、「こんなことにわずらわされずに、おとなしく勉強して大学に行きたい」と泣いていたのである。

次の日に、担任の先生に相談に行って、またさめざめと泣いて訴えた。

「父は、私を女優に、ひいては作家にさせたがっているんです」

父は激しやすい人だった。弱虫で、ひたすら嵐が恐かった私は、幼い頃から、父の顔色を窺うのが癖になっていた。

「フミコ、チチさんの跡を継いで作家になる」

と、小学校一年生のときに宣言したのも、そう言えば父が喜ぶということを、本能的に知っていたからだと思う。国語の作文以外に文章など書いたこともなかったし、その作文が特別にうまかったというわけでもない。本当に作家になりたいと思っていたかどうか、すこぶる疑わしい。

しかし、父は本気にした。

その言葉をずっと覚えていて、中学校の生徒会の会報誌に書いた文章にまで目を通して、

「上手に書けていましたよ。頑張れば作家になれます」

などと褒めてくれたりした。

やがて私が女優となり、女優として書く機会が生じ始めると、あるタレントの書いた文章を引き合いに出して、こう言った。

「こういう、イイカラ加減な文章を書いちゃいけません。書くんだったら、一生懸命書きなさい」

間もなく父は亡くなり、「奮闘」と「一生懸命」は、遺言となった。

だが、何をもって「奮闘」というのか、

「一生懸命」とはどういうことなのか。

この頃、やっとこんなふうに思うようになった。

私にとっていちばん大事なのは時間である。その時間を、誰かのために、何かのために捧げることが、奮闘ではないかしら。捧げると決めたら、心から捧げるのが一生懸命ではないかしら。

そこで今回、『まだふみもみず』のために、夜を日に継いで、原稿を書き、ゲラに目を通し、構成を考えた。天上の父への親孝行だと、心と時間を捧げつくした。おかげでこの数か月というもの、女優としてはまったく使い物にならなかった。

私は、女優である。

私は、女優である。

私は、女優である。

やっぱり、こういう呪文が、私にはどうしても必要であるらしい。

「∀《ターンエー》」の逆説的発見

福井晴敏

作家のインタビュー記事を読むと、「文章より先に、その場面の映像が頭に浮かんでくる」といった内容のコメントをよく目にする。かく言う自分も、取材を受けるたび常套句のようにその手の言葉を口にしている。

ストーリーの着想段階、たとえばテーマの設定やドラマの構成では他の要因が絡んでくるが、骨子が固まっていざドラマがスタートすれば、「頭の中に浮かんでくる映像」を文章化するのが主な仕事になる。無論、映像は視覚的な印象でしかないから、それだけ追っていたのでは読者に状況を伝えきることはできない。その場に漂う匂い、音、皮膚感を想像し、それら五官が取り込んだ情報によって、登場人物の心がどう震えたのかを描く。人によって違うのだろうけれど、自分はそこに留意して小説を書くよう心がけている（その信条がありすぎるお陰で、文体が饒舌《じょうぜつ》に走ることがあると指摘されもするのだが）。

彫刻家は、ノミを振う前から造形物の完成形があらかじめ頭の中にあるのだという。イメージさえ固まってしまえば、後は木材の中からその形を「取り出す」作業になるわけで、どこを削り、どこに溝をつけたらいいのかは、考えずとも完成形のイメージが教えてくれるのだそうだ。いささか乱暴な論理だが、小説執筆にも同様のプロセスがあるとするなら、「頭の中に浮かんでくる映像」に導かれ、筆を走らせる書き方は決して特異なことではあるまい。書き出しと最後の一文ぐらいは想定していたとしても、最初からすべての文章が頭の中で完成しているという書き手は、まずいないだろう。全体のトーンはこんな感じ、この場面はこういう雰囲気といったイメージの数々は、映像であったり、音であったり、匂いや触覚であったりで、それを逐次文章化してゆく作業が、彫刻で言えばノミのひと削りに当たるのだと思う。

が、本来なら人の感覚器官すべての総合印象、その者の経験と生理感覚から紡ぎ出されるべきイメージ——想像力とも言い換えられる——が、いつの頃からか視覚中心になり、映像世代と呼ぶべきマスが台頭しつつあることも事実だ。皮膚の肌理《きめ》まで描かれたＣＧ恐竜が闊歩し、大隕石落下のスペクタクルがニュース映像さながらのリアルさで描ける現在、映像先行の傾向はますます顕著になり、今では想像力を働かせるまでもなく、大抵のものが視覚情報化されて市場に出回っている。必然、「受け身に徹していられる」映画や、「思考を働かせているようで、実はプログラムの受け身でしかない」ゲームがエンターテインメントの中心になり、「活字を追うという能動的行為を前提とし、かつ想像力も働かせなければならない」小説は、三番手、四番手の地位に甘んじる羽目に陥った。

小説は通勤や通学の途中に電車の中で読むものであって、たまの休日を家で過ごすことがあっても、読書に費やすという人は（少なくとも自分たちの世代では）ほとんどいなくなった。レンタルビデオにゲーム、携帯電話、さらにはインターネットと、余暇を食いつぶす道具はいくらでも転がっているのだ。自分もご多分に漏れず、家でじっくり腰を落ち着けて読書するという習慣は皆無だった。小説を書いて生活を賄うようになった今でも変わらない……というか、通勤時間がなくなった分、以前より読書量は減っているのではないかと危惧《きぐ》さえしている。

小説的にどうこうと考える頭はなく、ドラマを語る手段のひとつとしてしか小説を捉えられない。五十億、百億の金をぽんと渡されて、好きに映画を作ってくれていいと言われたら、小説を書き続けている自信はない。二年と少し前、最初の本を出版したばかりの自分がそう考えていたことは、当時のインタビュー記事を読み返すまでもなく憶えている。今は違うのか？　と詰め寄られれば、そうだとは言いきれず、自分が監督をやらないまでも、映画に接近したいという願望も持ち続けているのだけれど、小説という媒体が持ち得る魅力について、多少なりと真剣に考えるようにはなった。すなわち、小説を著すことの難しさをあらためて「発見」する端緒になったのが、皮肉にも『∀ガンダム』のノベライズという、映像と密接にリンクした仕事だった。

観たことはなくとも、『機動戦士ガンダム』の名前は誰でも一度は耳にしたことがあると思う。二十年前、初めてテレビ放送された時には視聴率が低迷し、そのままひっそりと終わってゆくかに見えたが、プラモデル化と再放送でじわじわ人気に火がつき、テレビシリーズを再編集した映画版三部作が公開されるや、徹夜組が出るほどの興行収入を獲得。プラモデルも売れに売れ、玩具店やデパートの前にも行列ができる一種の社会現象を呼び起こした。その後、続編がいくつも作られ、二十年を経た現在でも関連商品が開発され続けて、今や某玩具会社の屋台骨を支える看板キャラクターになっている。

もっとも、そうした玩具中心の商品価値ばかりが注目されてきたために、『ガンダム』という作品そのものについての評価は一部の好事家の間に留まり、世間一般からは見過ごされてきた不幸がある。続編の中には児童向けに作られた作品もあって、『ガンダム』シリーズをトータルに評価することはできないのだが、少なくとも最初の映画版三部作は、SFやアニメというジャンルを超え、傑作の呼び名を冠するに相応《ふさわ》しい内容を誇っていた。原作者であり総監督でもある富野由悠季《とみのよしゆき》がメガホンを取った直接の続編何本かも、消化不良の感がなきにしもあらずとはいえ、時代の変遷に関わりなく胸に響いてくるものがある。異論はあろうし、多感な時期に触れた作品だから過剰評価しているのだと自戒してもなお、「戦争と人間」というテーマを真摯《しんし》に語った本作がなければ、『Twelve Y.O.』も『亡国のイージス』もあのような形では生まれず、自分が作り手になることもなかったかもしれないと、これは今でも明言できる。

しかし、ここまで書いておいてなんだが、自分は熱心な『ガンダム』ファンではなかった。どちらかと言えば、監督作のノベライズの他、オリジナルの小説執筆もしていた富野由悠季という作り手のファンで、『ガンダム』はその作品群のひとつとしか捉えておらず、実写映画と並列に富野アニメだけを観、クランシーや髙村薫の合間に富野小説を読むという、いささか偏屈なファンであった。処女作を献本させていただいたのも純粋なミーハー心理で、よもや自分が『ガンダム』に関わることになるなど、その時は夢想だにしていなかった。

最初の『機動戦士ガンダム』の時代から、さらに数千年の歳月が流れたのではないかと思える時代。戦争と環境破壊によっていったん滅んだ地球では、生き残った人類が再び新たな文明社会の戸口に立とうとしていた。滅びに至った禍々《まがまが》しい過去を忘れ、旧文明の記憶を（今の我々がムー大陸やアトランティスをオカルト話と断じているように）黒歴史という伝承文学に託して封印してきた人類。自動車が馬車に取って代わり、複葉機が飛び交う北米大陸はいち早く産業革命の時代を迎えつつあったが、生き残っていたのは地球にいる人間ばかりではなかった。

月にも滅びを免れた数千万の人間がおり、彼ら月の民（ムーンレィス）は、破壊された地球が再び人の住める環境を取り戻すまで、二千年以上のあいだ月の人工都市で逼塞《ひっそく》していたのだ。地球への帰還を切望するムーンレィスと、唐突に旧文明の実在を知らされ、月に人間が住んでいた事実にただただ戸惑うしかない地球の人々。両者の相克は、やがて戦争という最悪の災厄を惹起《じゃっき》する。宇宙的兵器を投入して帰還作戦を強行したムーンレィスに対して、数千年の技術格差のある装備しか持たない地球の人々は、なす術《すべ》もなく蹂躙《じゅうりん》されるように見えたが、彼我戦力の差を一気に埋める過去の遺産が地球にも残されていた。∀ガンダムと呼ばれる人型兵器が遺跡の殻を破り、空爆を仕掛けるムーンレィスに反撃の弓を引いた瞬間、地球と月の永い戦争の火蓋が切って落とされた——。

以上が、昨年四月から今年四月にかけて、フジテレビ系列で放映されたテレビシリーズ『∀ガンダム』のプロット。自分の仕事は、一年間にわたって放映されるドラマを編集し、小説に焼き直すというものだった。

もともと「頭に浮かんでくる映像」を文章化する作業を続けていたのだ。人の作った映像を文章化するのも同じことだと思い、深く考えもせずに引き受けてしまった。長大なドラマを構成し直し、感覚的に言うなら一本の映画にまとめ上げる作業はぜひやってみたかったし、今後の勉強にもなるだろうとも思えた。放映開始前は、まだ終盤のストーリーが出来上がっていなかったので、後半はオリジナルでやらせてもらう了解も取りつけて、書き下ろしよりはちょっぴり気楽な気分で書き始めたのだった。

ところが。書くことがこれほど辛く、試行錯誤のくり返しになったためしはなかった。文章にすべき映像はすでにあり、その通り著しているにもかかわらず、なにかがいつもと違う。いくら書いても上滑りの感覚が拭えず、いったいどうしたわけだとさんざん悩んだ挙句、行間から立ち昇ってくるものが希薄なのだという事実につき当たった。序章を書き終えたところで気づいたのだが、登場人物の心理描写も、風景の点描も、すべて状況説明の羅列でしかなかったのだ。

最初は、自分自身が登場人物の生理に慣れていないからだろうと考えた。なにせ他人が作り出したキャラクターだから、自分の生理と一致しないのは当然。書いているうちにこなれてくるはずと高をくっていたのだが、一章を終えた時点でそれも違うらしいとわかってきた。他人の物は、どこまでいっても他人の物。一から自分自身で生み出した物でない限り、小説に生命が宿ることはないと、百年遅い自覚に立ち返らされたのだ。

結果、自分はテレビシリーズの映像を忘れるように努めた。頭の中で小説用の映像を練り直し、序章は導入部分の変更を含めてほぼ全面改稿。一章もゲラの段階で徹底的に赤を入れ、版元には多大な迷惑をかけてしまったが、我慢すればどうにか読み返せるレベルには引き上げることができた……と思う。過渡期の二章はところどころつっかえる部分が見え隠れするが、三章あたりから完全にふっきれて、下巻はいつものペースで書き進められるようになった。お陰でテレビシリーズからは完全に逸脱し、出だしと基本設定だけが同じの、ほとんど完全書き下ろし作品を書く羽目になったとはいえ、やってよかった仕事だと今はつくづく実感している。

「頭に浮かんでくる映像」がいかに映画的であっても、それは作者の生理感覚から発したもので、小説になるべくして紡ぎ出されたイメージであるということ。映画やマンガ、ゲームにしても同様で、他の映像作品からインスパイアされたものであろうが、紡がれたイメージはそれぞれの媒体でしか表現不可能ななにものかであり、そのなにものかに導かれて媒体が決定されるプロセスにあって、自分の場合は否応なく小説に引き寄せられたのだろうと、逆説的に「発見」することができたのだから。

拙著は、多分に映像的であるとよく論評される。それがいいか悪いか、やめられるかどうかの判断は先に置くとして、「映画ではやれないから小説にした」という浅薄な言い抜けは、とりあえずやめようという気になれた。そこを乗り越えた先にある、未知の鉱脈が片鱗なりと窺えたという意味でも、『∀ガンダム』は自分にとって忘れられない「小説」になった。

果敢ない季節

平野啓一郎

私は普段、写真というものを殆ど撮らない。せいぜい小説の取材の為に、必要に迫られ、仕方なくカメラを構える程度である。撮らずに済むのなら、こんなに有難いことはない。そういう訳で、昨年、フランス、イギリス、イタリアの方々の都市をひとりでブラブラと観てまわった際にも、前二カ国では、執筆中の小説の為に、随分とフィルムを費やしたが、単に観光程度のつもりで赴いたイタリアでは、ただの一枚も写真を撮らなかった。正直なところ、私はヴェネツィア行きの飛行機の中で、もう写真を撮らずに済むと思うと、面倒な仕事から解放されたような清々した気分になった。勿論、帰国してそれを悔やむこともなかった。

どうやら私は、写真が余り好きではないらしい。撮ることについては、上の如くであるが、撮られることについても、逃げ出したり、拒絶するほどではないが、同様である。況んや、そのどちらの立場をも一遍に経験する、自分の写真を撮ることなど、滅多にしない。ただし、これは飽くまで、普段の生活の中で、記念の為に撮られる写真に関する話である。作品としての写真や報道写真のようなもの、要するに他人がそれなりの態度を以て撮った写真はまた別である。

私はこれまで、自分の写真嫌いを大して深く考えたことがなかった。そもそも、考えてみたところで、さほど深い理由があるとも思えなかった。特別に何か信念がある訳でもない。面倒だから、と一言言えば済む程度のことかもしれない。カメラというものは、子供の玩具にするには高級過ぎるのだから、誰でも幼少時には、自分で写真を撮ることはしなかった筈である。写真好きの人は、成長のある時期に、カメラとの出会いともいうべき何かがあったのであろう。私の場合は、たまたまそれがなく、ただ、そうした幼少時からの習慣が、未だに続いているだけなのかもしれない。

そんなことを少し考えてみて、それでも二つほどは、尤《もっと》もらしい理由が思い浮かんだ。

一つは、記憶の問題である。私は以前から、記憶過多という持病に悩んできたので、忘れるという人間の能力に、非常に敬意を払っている。仮に、神が人間を造ったのであるとするならば、これは実に偉大で独創的な機能の創造だと言わねばなるまい。こう書くと、人は私がよほど記憶力に長けた人間なのだろうと想像するかもしれないが、それは少し違っている。実際のところ、私は、覚えようと意識して行使する記憶力に於ては、さして言うほど優秀だとも思わない。歴史の試験の年代暗記なども、人並みに語呂合せで覚えたりしていた。ただ、覚えるつもりのない、日常の様々な出来事についてを、よく覚えているのである。

三島由紀夫が『仮面の告白』の冒頭で、自分の生まれた時の記憶について語っていることは有名であるが、サルヴァドール・ダリという人は、その更に上をいって、自分がまだ胎児として母親の子宮の中にいた頃のことを覚えているそうである。私はこういう逸話が好きだ。嘘だとか本当だとかいうことは、一向に気にならない。私自身は、そんなに早い時期のものではないが、それでも、確認出来る最初の記憶は二歳半の時のものだと思っている。これには理由があって、丁度その頃に、私は出生した愛知県の家から北九州の母方の実家へと転居しており、多分周囲の環境が余りにも急激に変化した為に、驚いて記憶が目を醒ましてしまったのであろう。それ以降例えば、三歳の頃の記憶などは、小学校二、三年生の頃の記憶とさして変らぬほどはっきりしている。とにかくも、最初がこの調子であるから、その後今に至るまで、私は自分でも余計だと思うことを随分と沢山覚えている。そしてそれらは、当然に愉快なものばかりではない。忘れるという能力を、私が直接に有難く思うのは、その点に関してであるが、どうもそればかりとも思われない。嫌なことを忘れたいと思うのは、当然のことである。しかし、記憶というものは、それが、愉快なものであろうと、不快なものであろうと、重大なものであろうと、取るに足らぬものであろうと、いずれにせよ、多過ぎることが、人間にとって余り良い意味を持たないものであるような気がする。私は時折、わざと小学生の頃の或る一日のことなどを回想してみる。それは、任意に選ばれた、例えば、四年生の二月の第一週の水曜日だとか、金曜日だとかのことである。すると、朝から始まって、放課後家に帰るまでのことが、案外綺麗に思い出される。勿論、その前後一、二週間ほどの記憶を無意識に継ぎ接《は》ぎしているのであろうが、それでも一応は、その一日が連続した時間の流れとして蘇って来る。すると、その過度に微細なことが段々と不安になってくる。「あやしうこそ、ものぐるほしけれ」とでも言いたくなるような心境になるのである。

この不安が何であるのかは分からない。しかし、記憶が過去であるとするならば、人間は固《もと》より多過ぎる過去を許容し得ない造りになっているのかもしれない。過去は過剰であってはならない。その為に、適当に忘れるということが必要となるのであろう。近代の歴史主義と『失われた時を求めて』に代表される喪失される過去への渇望との関係は、考察に値する。取分け後者は、今後恐らく一つの病理として摘出されるであろう。これは、別稿を俟《ま》たねばならないが。

そういう訳で、私は、忘れられる記憶は、忘れられるに任せて、無理に残したいと思わない。旅行先で見た風景であれ、友人と遊んでいる時の風景であれ、忘れられるような記憶は、所詮その程度のものである。恐らくは、忘れられるべくして忘れられたのであろう。嘗《かつ》ての人間は、こうした忘却のメカニズムを今よりも健全に機能させていたに違いない。ところが、写真技術の普及によって、我々の記憶は次第に歪《いびつ》な形姿をとるようになった。たった一度、パーティーか何かで会ったに過ぎない、忘れられてしかるべき人間の顔が、たまたまその時写真に写ったというだけで、何時《いつ》までも記憶として残ってゆく。これは少し、気持ちの悪いことである。我々の時代には、記憶はその大半が、我々の外に存在している。或いはアルバムの中に。或いは額縁の中に。そして、そこでは、永遠に忘却されぬ過去が、不気味な新鮮さを保ちながら堆積し続けてゆくのである。

私が、写真を好まぬもう一つの理由は、もっと単純で、昔の自分の姿を余り見たくないからである。私は別に自分の男前が年々上がっているとも思わないが、それでも、十代の頃の写真などを見ると、何とも言えない気恥ずかしさを感じる。やはり、今の方がマシだという気になる。これは、私に限ったことではあるまい。知人の家に行って、昔の写真や卒業アルバムなどを見せて欲しいと頼むと、必ずみんな「ヘンだから。……」と言い訳をして見せるのを嫌がる。或いは、テレヴィで芸能人の昔の映像などが出て来ると、大抵は、見ているこっちも「こんなに不細工だったかしら。」と思うような姿である。これは、ファッションの問題も大きいと思う。女性の眉の描き方一つをとってみても、流行によって随分と違う。自分の昔の写真を見て、苦笑いしたくなるのは、今から見ると、とんでもないような格好を、さも流行の最先端を行っているような顔でしているからかもしれない。しかし、ファッションにも増して、そう感じるのは、私がまだ若く、しかも、男性であるという事実の為であろう。外見の問題に限らず、私にも人並みに、この先自分がそれなりの成熟をしてゆくことへの期待がある。そして、成熟してゆく中で、別の美を見出だし得るかもしれないという、男性特有の楽観的な期待もある。しかし、女性の場合はそうではない。若さの喪失が、美の喪失に直結するというドリアン・グレイ的な絶望は、女性の場合の方が遥かに強い。老いてゆく自分の肉体に、美を維持する努力はしても、そこにまた別の新しい美を獲得することは期待しない。事実それが不可能であるかどうかは問題ではない。自分の最上の美は、若さの中にしか存在しないという予感は、女性に特有の、美しいけれども、哀しい不安である。一頃、セルフヌード写真が流行したが、あの時も、みなが判で捺したように、「自分の一番綺麗な時のからだを残しておきたかったから。」と弁解していた。それが少々詭弁《きべん》的に響くことは已《や》むを得ないにしても、まるっきり嘘であるとも思われない。そこにはやはり、相当の真実がある。

この二つのことを考えながら、私は、世紀末のささやかな、しかし、いかにも末世的な風景のことを考えた。それは、十代の少女達の写真に対する異常な熱中である。誰もが使い捨てのカメラを携帯し、ことあるごとに写真を撮り合う。遊びに行った先々で、必ずプリクラを撮り、それを大量に収集する（そして、それが千九百年代の終りとともに廃《すた》れたのも象徴的である）。どうしてそれほどまで、自分の姿を残したがるのであろうか。勿論、以前に比べて、容易に手軽に写真を撮ることが可能になったというのも理由の一つであろう。プリクラを集めるということも、子供のシール集めに対する熱中とそれほど遠くはないかもしれない。コレクションの趣味というものは、不足を満たしたいという、誰にでも多少はある欲望なのだから。しかし、それだけだとは思わない。そこには何か、自分達の存在のはかなさに対する無意識の直感のようなものが仄《ほの》めいている気がする。何らかの形で、――記憶のような頼りないものにではなく、出来れば物質の確かさの上に、その稀薄な存在を留め置きたい。未来に対しては、何の希望もない。自分達の生の最高の時は、まさに今のこの瞬間であり、だからこそ、それは、是非とも残しておかねばならない。……彼女達は、勿論、そんなことは、私が勝手に言っているに過ぎないことだと言うだろう。ただ、愉《たの》しいから写真を撮る。理由なんてない。それだけだと。是非とも、そう言うべきである。若さとは、恐らく、意識されながら享受されてはならないものである。それは、何時でも無神経に浪費され、振り返られてこそその価値を発見されるべきものである。死に直面して、生の価値を知るように、まだ訪れてもない未来への絶望から、若さの価値を自覚せねばならない時代というのは、良い時代ではない。終末的な不安の漲《みなぎ》る社会の中で、やたらと写真を撮り合う人間の姿というものは、動物行動学的な考察の対象であり、その分、哀れに、何となく寂しく感ぜられる。

インタビュー

最相葉月

先日、インタビューを受けた。私がどんな学生生活を送ったのか聞きたいという主旨だった。知り合いの紹介だったためことわりきれず、やむなく引き受けた。

というのも、私には、学生時代に何をしていたかという記憶がほとんどないからだ。それどころか、十代なかばから二十代後半までの十数年間がすっぽりと抜け落ちている。おそらく、私自身が実際の出来事よりも精神世界を漂ってしまっていたからだろう。そこにいてそこにいないという状況で、成長と退歩を繰り返していた。

友人に会うと、よくそんな細かいことまで覚えているなと驚くことがある。記憶が欠落しているのは気持ちが悪いもので、後付けとはいえ、少しずつ複数の友人に記憶を補完してもらっているような状況だ。昨年、十数年ぶりで大学に行ったときには、校舎から学生会館まで一切新しくなって様変わりしていたため、ますます記憶は遠ざかってしまった。

そんなわけだから、こんな話がある、いや、覚えていない、といった食い違いもよく生ずる。学生時代の記憶はあまりないことを事前にことわっていたためか、インタビュアは同級生のTさんに前もって取材してきており、クラブ活動や旅行、ゼミのことまでよく知っている。こちらにしてみれば、ああ、そういえばそういうこともあったなという程度の些細なことだが、彼はどうしてもそこになんらかの意味を見出したいようだった。

たとえば、私はそのTさんと一緒にスキーに行ったという。こちらはまったく記憶にない。どこの山か、ほかに誰がいたのかとたずねるが、それは聞いていないという。私はスキーに行ったばかりか、スキー教室に参加し、何度転んでも必死に頑張って、最後にはうまく滑れるようになったらしい。それが本当だとすれば、私の忘却力は相当重症だ。生まれて初めてスキーをしたのは、会社の同期旅行だったはずで、あのとき初心者コースで頑張ったのは確かだが、あれが初体験だ。大学時代にスキーをしたことはない。

「いやあ、だから、スポーツに興味があるのかと思いまして……」

きっとTさんの記憶が正しいのだろう、彼女がいい加減なことをいうはずがない。私が忘れてしまっているだけなのだ。

「ゼミ旅行で北海道に行かれたとき、途中でTさんと抜け出して小樽に行ったそうですね」

それは覚えている。フライトまで数時間の余裕があったため、彼女と二人で別行動をとったのだ。

「なぜだったんでしょう。Tさんは、ガイドブックにおいしそうな寿司屋が載っていたからだといってましたが」

なぜ行ったのだろう。しばらく必死に考え、ふと、そういえばと思い出した。

「たしか、伊藤整の『若い詩人の肖像』を読んで、舞台になった小樽に興味があったからだったと思います」

「では、大学時代は伊藤整に影響を受けたということですか」

影響を受けたかといわれれば、まったく受けないわけはないが、伊藤整だけに影響を受けたわけではなく、それだけが私の大学時代の読書を規定するわけではない。なんと答えようかと悩んで沈黙していると、話題はそこで途切れた。

今度はアルバイトを聞かれる。パン屋や家庭教師、甲子園球場の座席案内などをしたと答える。お金を稼ぐためのごく普通のアルバイトにすぎない。

「家庭教師で得たことはありましたか」

とくにない。

「パン屋になりたかったんでしょうか」

そういうわけではない。

「阪神ファンだったんでしょうか」

たまたま大学の掲示板で募集していたからだ。それに、子どもの頃から阪神地区に住んでいれば、自然とみんな阪神ファンになっているものなのだ。

「アルバイト中にいろいろ誘いの声をかけられたそうですが、自分は意外にもてるなとか思われたんでしょうか」

とうとうふきだしてしまった。この人はいったい私に何をしゃべらせたいのだろう。

「日本一美しいキャンパスともいわれていますが、時計台のある中庭で友だちと談笑されたりしましたか」

大学時代とは情けなく、恥ずかしいものだ。パンフレットによくあるような、そんな健康的な学生生活を送っていれば、私はこんな道に迷い込んではいなかっただろう。

「おもしろかった授業や影響を受けた先生はいましたか」

毎年、同じ講義ノートで同じ内容の授業をするような、自分自身が教えることを楽しんでいない先生の授業に感銘など受けるだろうか。ただ一人、国際政治学の教授だけが、毎回とてもユニークな授業をしていた。一部の学生に根強い人気のある教授だったが、数年前に学歴詐称が発覚し、やめさせられてしまったと風の噂に聞いた。

「ちょっと、記事になりませんね」

「そうですね」

しばらく沈黙が続いた。

なんというインタビューだろう。八〇年代モラトリアムの典型であり、これから大学に行こうという高校生に希望を与えられる話などひとつもない。そもそも希望を与えるとは何とおこがましいいい方だろう。私はこの滑稽なやりとりに疲れていった。正直すぎるのだろうか。さもなくば、完璧に人選ミスだ。

コーヒーは冷めてしまった。インタビュアは周囲をぐるりと見渡し、ちょっと失礼、と席を立った。私はぬるいコーヒーを一口だけ飲み、時計を見た。まだ一時間しかたっていない。約束は二時間。あと一時間をどうやって埋めればいいのだろう。とにかく何かを思い出さないといけない。なんとか記憶をたぐり寄せようとしてみるが、何も思い出せない。きっとインタビュアの方も困っているのだろう。逆の立場をいつも経験している私としては、なんとか協力したいとは思っている。だが、嘘はつけない。

困り切った顔をしてインタビュアが戻ってきたので、こんな提案をした。私が逆にインタビュアの学生時代について質問するのだ。雑談をするうちに何か思い出すだろうと考えたのである。それ以上に、気がついてほしいこともあった。異論はないようだったので、彼が私にしたものとほぼ同じ質問をすることにした。

「え、クラブですか。僕は、映画研究会にいました」

「映画監督になりたかったんですか」

「いや、そういうわけではなく、ただ、友だちに誘われたからですね」

「アルバイトは何をやってたんですか」

「居酒屋や塾の講師、ビル掃除もやりました」

「居酒屋を経営したかったんですか」

「まさか……。お金を稼ぎたかったからです。深夜までやるとバイト料がよかったたんで」

「感銘を受けた授業はありましたか」

「よくサボりましたからねえ。ノートはだいたい大学の前で買ってましたよ」

「大学は京都にあったっておっしゃってましたね。東京でも、大阪でもない。京都の大学でよかったことってありましたか」

「京都は学生にはあたたかい町ですからね。バイト先や飲みに行ったときに、学生で得したことってありますよ。その内容はちょっといえないですけどね」

「そこをうかがいたかったんですが」

「いや、それはちょっとまずいですね。まあ、もう時効かもしれませんけど」

「ぜひお聞きしたいですねえ」

「いや、実はね、あ、いや、やっぱりまずい」

「残念です。じゃあ、またの機会にうかがいましょう」

「まあ、そんなにもったいぶる必要もないんですが」

「じゃあ、うかがいたいですね」

「でも、記事になるとまずいんですよ」

「私は別に記事にしませんよ」

「あ、そうか。はは。いやあ、実はですねえ」

そこで、彼の携帯電話が鳴った。

「ちょっと、すみません」と、席を立つ。

私たちはいったい何をしているのだろうか。このちぐはぐな時間の流れ。クラブ活動やアルバイトで学生時代の何を知り得るというのだろうか。かといって、ほかのどこかに濃密な時間が流れていたわけでもない。

戻ってきた彼に、真顔でいった。

「私の学生時代の記事は、まとまりそうにないですね」

「ちょっと、むずかしいですね」

「どうしましょうか」

「あと、一時間いただきましょうか」

「一時間あっても思い出せないものは、思い出せないですよ、きっと」

「意地悪な人だったんですね。あなたは」

「私は意地悪なんでしょうか」

「意地悪ですよ。そんな仕事をしていながら、自分の取材となると全然協力してくれないじゃないですか」

「そんなつもりじゃないんです。本当に、思い出せないんですから」

「じゃあ、いったい、あなたは学生時代、本当は何をしていたというんですか」

「そこにいて、そこにいなかったんですよ」

「わけわからんなあ。取材を受ける気がないなら、最初に断ってくれればよかったのに」

開き直ったインタビュアは、席を蹴って出ていった。

コーヒー代九百円を払って喫茶店を出た瞬間、今まで自分が何をしていたのかわからなくなってしまった。どこかに、私の空白の時間をすくいとってくれるインタビュアがいないものだろうか。

「正直」な虚構

藤沢　周

もう俺の場所とは違う、と感じて、だが、街は誰がいてもいいのだとも思う。街は当然ながら、少しも自分のことなど必要としていない。ただ私がそう考えたかった、という気分の問題なのかも知れない。

最近、新宿歌舞伎町の区役所通り裏で、覗き部屋のチープな看板をなにげなく見上げたり、新橋のガード下に籠る焼き鳥屋の煙に咳をしたりして、路上に欲望の残滓《ざんし》や狂いの兆しを探していた書き始めの頃を思い出す。

秋のせいもあり、季節性鬱病を抱える私としては、何か感傷的になって、アスファルトに落ちている空き缶のプルタブとかローン会社の名刺大のチラシとかに、いちいち引っかかるのだ。それらを描写はするだろう。徹底的に描写はするが、もう余計な意味やイメージは付着させないぜ、と唇を捻じ曲げ、目を剝いて睨みつけていたりする。

要するに、小説を書きつつも、フィクションめいたものへの嫌悪感を募らせているわけである。そのプルタブから発生する、様々な想像や物語を描くことの嘘っぽさに疲れるといえばいいか。

もっと厳密に、想像や物語を作ろうとしているのが自分であり、それらを描くのであれば、考えている、感じている自分自体を書かなければ駄目だとなり、メタというか、私小説的に傾《なだ》れる。やはり、気分の問題か。

『奇蹟のようなこと』は、一七、八歳の頃の自分をモデルにした、本誌掲載の連作小説をまとめたものである。故郷新潟の漁師町に生まれたゲンを主人公に、世界への疑いや性へのあがき、密かに温めていた夢など、あの頃、誰もが抱えていた妄想やちょっとした狂気を、「正直」に書いたつもりだ。

正直……。

じつは、本誌で連載を始める前に、担当していただいたI氏が「原風景を書いてくださいよ。正直に、書いてくださいよ」と私に真面目な顔をしていったのだ。

原風景と正直。一体、この男は何をいってるのだ？　と思わずまじまじと見返した。

両者とはむしろ対極にあるような世界を描いていた自分が、特に、後者の、正直になるというのはどういうことか。

いざ、高校時代の自分と世界を書き始めて、Ｉ氏の言葉の意味が少しずつ分かってきた。他の作品と同様、この『奇蹟のようなこと』も、登場人物は演繹《えんえき》法によって生まれてくる。イメージが先にあって、それを練っていき、キャラクターの輪郭が浮かんでくるわけである。主人公も自分自身とはいえ、漠然と思い込んでいる曖昧な自画像の中から、匂いのようなものを抽出するやり方で造形する。

裏地に龍の金刺繍の入った短ランにボンタン、ゴム長靴、アイパーの髪という典型的な田舎の高校生が、ずっとギタリストになる夢を抱えつつ、自らの体の底から噴出してくる言葉や想いに戸惑い始めるという物語。それを書きながら、書いている自分と主人公の自分との距離の混濁に悩み始める。時制といった問題ではなく、何故、俺はこんなことを書いているのか、というもっと基本的な所にである。

最も簡便なクリアーの仕方は、いかにも小説といった体裁を取り繕うことだろうが、その小説の主人公自体が自分自身であることで、小説を演じれば演じるほど、自分とは遠ざかり、モチーフからはぐれていく。小説にならなければならないで、雑で時制の狂った単なる回想にしかならないのだ。

すると、小説の成り立ちというのか、こうして文章をモノすることそのものに対してのスタンスを、自ら問い始め、あらゆるポーズを取り去った自分だけが残る。その時、耳を澄まして、何が聞こえてくるのか、何が見えてくるのか。これが、I氏のいっていた「正直」ということではないかと思ったのだ。そして、正直にフィクションを書く、あるいは、正直なフィクションを書く、という撞着《どうちゃく》めいてはいるが、究極、力を持った文章となるのではないかと。

私が若い頃彷徨《さまよ》っていた街を、たとえば、『奇蹟のようなこと』のゲンが生きるならば、様々な想いを巡らせ、妄想を先走りさせながら、世界を誤解して、生き延びていくことは当面できるだろう。

だが、二〇年あまりも経ったゲンは、その誤解や意味や小説なるものがあろうがなかろうが、ただ「正直」に生きる、書く、という所へと降りそうである。

むろん、当時のゲンの得意技だった暴力だとか狂気だとか、稚気《ちき》に似た分かりやすさは、夥しい襞に隠れ、ジクジクとした糜爛《びらん》を作って進行もする。それを、また、ただ、書く、のである。

最も、単純で、困難な、「正直」というあり方は、一七歳にも、四〇過ぎにも、ある。

色鮮やかな日帰り旅

中山庸子

二〇〇〇年の勤労感謝の日、私は一日中『毎日新しい自分を発見する50の方法』のゲラを眺めていた。

毎年、勤労感謝の日には「自分にご褒美」をあげることにしていたにも拘わらず、この日は全く外出もせず、文庫化のための校正と加筆に精を出し、ようやく机の前から離れた時には二十四日金曜日の午前二時になっていた。勤労そのものの一日だった。

これでようやく「若冲《じゃくちゅう》」の絵と対面できる。すでに冷たくなっていた湯船に熱いお湯を足し、蒲団に入ったのは三時少し前だった。

七時半、学校に出かける娘を送り出した私は、三十分後東京駅の窓口で京都まで新幹線の往復切符を買っていた。

私が伊藤若冲の絵を初めて見たのは、二十歳の時。当時通っていた美大で美学を教えてもらっていたS先生の家でのことだった。

S先生の自宅を数名の友人と訪ねた時のことは今でもはっきり憶えている。かつてはかなりのお屋敷だったと思われるその家は何ともいい感じに荒れはじめており、都内の一等地とは到底思えないような古井戸があった。

私たち学生の目からは「初老の変わった先生」としか見えなかったS先生が、お坊ちゃん育ちだったことを知ったのは、その時のこと。著名な歌人の両親を既になくしていた独身の彼は、ばあやと二人でその屋敷に暮らしていたのだ。

そんな屋敷の一角に先生が書斎に使っている離れがあり、私は初めて若冲の描いた鶏の絵を見た。そのあまりの細密描写を見て（この人の絵はどこか変だけれど、すごく魅力的だ）と感じたのを覚えている。

しかし、二十歳の私には現実として魅力的なことがあれこれあり、若冲の絵は記憶の中で次第に薄い色調になっていった。

現在四十代になった私は、二十代の頃には想像もしなかった形で〆切りに追われる生活をしている。あの頃の私がもし〆切りに追われる未来の自分を想像するとしたら、それは「絵」の〆切りでなくてはならなかったろう。なのに、毎日キイを叩き、ゲラに朱を入れる日々が続いている。

若冲は、京都錦小路の青物問屋「桝源《ますげん》」の長男に生まれながら、四十歳にして家督を弟に譲り、酒も芸事もたしなまず独身を通し八十五歳で亡くなるまで、絵三昧の生活をした。

そんな若冲の没後二百年を記念して京都国立博物館で展覧会が開かれるのを知った時、私はすぐにでも京都に飛んでいきたい気持ちになった。しかし、相変わらず〆切りに追われる日々で気づいた時にはすでに残された会期は四日。それも祝日の十一月二十三日、そして二十五日は土曜、二十六日は日曜の上に最終日、私は二十四日金曜に日帰りすることに決めた。この時期の京都は紅葉シーズンで、大変な混雑が予想されたからである。

やはり展覧会は大変な混雑だった。その上作品保護のためかなり照明が落としてあるので、作品とのガラス越しの対面では、なかなか若冲の筆遣い息遣いまで感じ取ることができない。特に今回七十三年ぶりに公開になった『菜虫譜』という十一メートルにも及ぶ画巻の前は、近寄ることもできないほどの混みようで、数々の野菜が描かれた部分は全く覗きこむこともできず、後半の虫たちの姿をチラリと見るのがやっとだった。

とは言え、これだけ大掛かりで出品点数も多い若冲展は、今後そう簡単に開けないだろうから、この場に足を運び人垣の間から目を凝らして見られたことは嬉しかった。私が若冲に惹かれるのは、様式にとらわれずさまざまな技法を見つけては絵を描くことを面白がっていた彼こそ、江戸時代に京都に生まれた上等なオタクだと思っているからだ。

最初に彼の絵を見た時には、まだオタクという言葉がなかったので「どこか変」としか言えなかった。けれど、それまで商売はもちろん学問や習い事、人付き合いにも興味を持てなかった男が、絵という表現世界を知ってはまっていく様は快く、アッパレだと思った。

欠落していただけの男が、ついに自分を生きる道を発見したのだ。

こんなに重いのはふざけているというくらいズッシリと重量感のあるカタログを買い求め、博物館の熱気から別れた私は、ほんの少し薄暗くなりはじめた京都東山七条あたりをブラブラ歩いた。

確かに若冲展は悪くなかった。しかし、あまりに賑やかな場所での再会に、ちょっとだけ落胆していた。数日前にNHKの新日曜美術館で特集していたことを恨みたいほどだった。

私は若冲の研究家でもないし、私にとって唯一無二の画家というわけでもない。しかし、やはりそれなりに思い入れがある一ファンではある。「イヤー、三十三間堂のすぐ前だから寄ったけれどすごい人ねー、この人そんな有名なの？」と隣のボーイフレンドに声をかけている女性や、「とにかく、ここならトイレもあるしベンチもあるから一休み」と空いている椅子を探している観光客たちを見た直後から、ここ数日の疲れがどっと出てしまった。

信号を渡るとそこには智積院《ちしゃくいん》と書かれたお寺があった。先の女性と同じように、私もこの辺りで入ったことがあるのは三十三間堂と博物館のみ。閉門近い時刻に吸い込まれるように門をくぐったそのお寺には、すでに観光バスも出発したあとで客は私以外誰もいなかった。しかし、私はそのお寺でこの日最大の発見をした。たった一人で長谷川等伯《とうはく》、久蔵《きゅうぞう》父子の障壁画『楓図』と『桜図』に対面できたのである。

石川県の七尾で生まれ、狩野派の門を叩くもののその流派と対立し、独自の画風を創り出していった等伯。時の権力と巧みにつながりを持ち、世襲によって他を圧倒する強力な狩野派に対抗している等伯にとって、実の息子があふれるばかりの画才で描ききった『桜図』を最後に二十六歳の若さでこの世を去ったことは、どんなに切なくそして悔しい思いだっただろう。その翌年父、等伯が五十五歳で描いたのが『楓図』であった。

私はこの物語のことを知っていた。しかし、ここにあるとは全く知らなかったのだ。

若冲の晩年近くの作とされる『百犬図』という絵がある。今回の展覧会でも一番ラストに展示されていた。私が最初に見た鶏と同じような細密描写で、数え切れないほどの犬がじゃれたりほえたりしているさまは、まるで衰えを知らない「永遠の子ども」を思わせる作品だ。一方、等伯の『楓図』は、この世の無常を色濃くにじませながらも「大人の男」として自分の持てる力のすべてを出しきった作品である。

どちらも見事にその人らしい作品だと思った。

妻も持たず、大好きな絵だけに熱中した若冲。才能ある息子を失った翌年に、渾身の力で障壁画に挑んだ等伯。二人の画家のことを思いながら帰りの新幹線に乗った。

そして、S先生のことを思い出した。彼は若冲の作品だけでなく、若冲の生き方にも憧れていたのだろう。当時のS先生の年齢に近づいた今、それがよく分かる。

あの頃すでに荒れかけていた屋敷がすっかり朽ち果てていたとしても、あるいは全く新しい家に建てかわっていたとしても、離れだけは当時のままで、鮮やかな朱のとさかを持った若冲の鶏はきっと色褪せることなくそこにいるような気がする。

日雇いの別れ

阿川佐和子

私の仕事は基本的に、日雇い稼業である。と、今までにも何度となく、あちこちに書いてきた。書くたび、ほんとにそうだなあと、しみじみ思う。会社に勤めているわけではないので、満員電車の苦しみを味わう必要がない。これは日雇いの最大の利点と言えるであろう。そのかわり、自宅に帰っても、さあ、これからきっぱり仕事のことなんぞ忘れ、のんびり過ごそうといった区切りがない。年中どこでも仕事を引きずって生きている。頭にもやもやとした霞《かすみ》が、かかりっぱなしの状態だ。なに言ってんの。しょっちゅうパッパラ遊んでるじゃないか。ぐうたら時間を潰しているじゃないか。そのうえ、いくら夜更かししたって翌朝早く起きて会社に行く必要もないんだし、けっこうなご身分じゃないのと、厳しい批判を受けそうだが、その通り。もっともなご意見です。もっともではあるけれど、これはこれで、つらいものがある。つまり、場所と時間によって仕事とプライベートのけじめをつけることのできない人間は、すなわち常に宿題のつまったリュックを背負って歩いている小学生（そんな小学生がいるかどうか知らないが）のような重苦しい気分のまま、パッパラ呑んだり食べたり遊んだり寝過ごしたりしているのである。しかもそれがたとえ仕事のつき合いだったとしても、食費も交通費も出ない。残業手当が出ない。社会保険は適用されず、ボーナスなんて見たことすらない。もちろん有給休暇も生理休暇もなく、仕事をすっぽかせば、それっきり。経済的安定も年功的昇格もいっさい望めない。

　頼れるものはただ五つ。自制心（さぼりたい気持を抑える心）と恐怖心（編集者、あるいは一時的ボスに嫌われたくないと怯える気持）と、かすかな好奇心と少々の愛想と、あとは最後の踏ん張り、やけくそ馬力だけである。これらをいっさい放棄したら、明日からみじめな失業生活が始まるという、まことにわかりやすくもドライな仕組みにできている。

　なんてったって受注産業である。請け負ってなんぼのものなのだ。だから、楽しいとも言える。さんざん否定的ことを書き連ねたあとで恐縮ですが、実のところ、この日雇い生活をやめる気は、さらさらない。ラッシュアワーの回避もさることながら、もう一つ気に入っているのは、人生の『単調』という苦悩から解放されているところかもしれない。日雇いの種類にもよるだろうけれど、少なくとも私の場合、いつも新鮮、毎回、何かしらの発見がある。そのへんが、ストレスの溜らない（と言われている）大きな要因ではないかと思われる。

つい先日も、ある発見をした。場所は駅前の小さな喫茶店。その日の夕方、私は仕事仲間のT氏と二人でその店に入った。駅の改札口で待ち合わせ、「立ち話もナンですから、じゃ、コーヒーでも飲みましょうか」と、あたりを見渡したら、その店があった。「いらっしゃいませ」という店の女の子の前を通り過ぎ、私たちは窓際のテーブルに席を取る。いやあ、なんだか急に寒くなってきましたねえ。ホントホント、急だもんねえ、堪《こた》えますねえなどと、ひとしきり明るい社交辞令的なお喋りを交したあと、しばしの沈黙。運ばれてきたコーヒーにクリームや砂糖を入れる動作でその場を切り抜けつつ、次の会話のきっかけを見計らう。コーヒーをむやみにかき混ぜて、もうそれ以上の時間つぶしは不可能かと思われたとき、改めて向かいの席のT氏を見つめ、一つ深呼吸。口を開こうと思った瞬間、先方から切り出された。

「話は○○君から少しだけ聞きましたが…（と、ここでコーヒーを一口すすり）、どうしてまた急に…」

先刻と打ってかわってT氏は真剣な表情になっている。声のトーンも低い。

「いや、急ってわけでは、ないような、あるような…」と私が曖昧に答える。

「もし、何か不満があるのなら、それは…」

「いえ、別に不満があるとかないとか、そういう問題ではないんです。ただ…」

ここで少々、解説を加えさせていただくと、私はそれまで数年間続けていたある仕事を、そろそろ辞めようかという気持になっていた。繰り返しになるが、私の仕事は基本的に受注産業である。依頼された仕事を一回、ないし、ある期間、請け負う。思いの外、長く続く（雑誌の連載とかテレビのレギュラーなど）こともあるが、どれぐらい続くかは、保証も約束も、ないに等しい。ただ、私の仕事の出来や評判がすぐれないと判断されたとき、いつでも失職する可能性がある。

だからといって、どんな仕事でも依頼されたら引き受けるわけではない。断る場合もある。スケジュールが合わなかったり、気乗りがしなかったり、他の仕事とのバランスが折り合わなかったりと、断る理由はさまざまなれど、それはたいがい最初の段階でのこと。しばらく同じ仕事を継続して、私の方から「辞めます」と申し出る事例は、ほんのわずかである。だから今回のことは、私にとってかなり稀なケースに属する。せっかく先方が「もっと長くやって欲しい」とおっしゃってくださっているにもかかわらず、自ら仕事を放棄しようとしている。T氏が納得できないのは無理もない。

「ただ、どうなんですか」

「ただ、まあ、なんていうか」と、私も相手を説得できるだけの理由が見当たらず、言葉に詰まってつい、

「そろそろ潮時かなって思いまして…」

ここでまたしばしの沈黙が起こった。所在ない。できればこういう深刻な話はやめにして、早く明るい話題に切り替えたい。しかし問題を持ち出したのは私のほうである。責任がある。私はコーヒーカップ越しにそっとT氏の顔色を窺う。数年間、見慣れていたはずの彼のひたいに、困惑のシワが寄っている。いい人なのだ。嫌いになったわけではない。決して困らせるつもりはなかった。しだいに罪の意識にさいなまれ、いっそ、「今の話はなかったことに」と言いたい気持になる。どんなに楽になるだろう。この気まずい沈黙から解放されるのだ。でもそれはできない。もう手遅れだ。

そのとき、T氏が再び口を開いた。

「潮時…ですかあ。僕はそうは思わないけどなあ。しかし、あなたがいろいろ考えた末の結論だと言うのなら、それは尊重したいと思います。でも、これでさようならじゃ、あんまりだ」

　そのへんで、私は妙な気分になり始めた。これって、何かに似ている。この空気。このシチュエーション。何かを思い出す。

「お水、おかわりは…」

　いつのまにかそばにウエイトレス嬢が立っている。客の深刻な話に割り込むのが憚《はばか》られ、遠慮している気配がある。その戸惑った顔。聞いて悪かったと恐縮するしぐさ。これって、何かを思い出す。何かにそっくりだ。

「なんか、私たちって、別れ話しにきた恋人同士みたいですね」

　急に可笑《おか》しくなり、コップに水を注ぐウエイトレス嬢と、目の前のT氏を交互に見ながらおどけてみたが、二人ともぜんぜん笑ってくれなかった。

☆

　ずいぶん昔、まだ二十代の頃、私はオトコを呼び出した。話がある。どこかで会えないかしら。するとオトコは車を飛ばして私の家の近所にやってきた。

「なに、話って？」

言いよどんだ。どの言葉で始めれば、いちばん自然に切り出せるだろうか。強い覚悟をもってこの場に臨んだはずなのに、いざとなると出てこない。その後、どういう順番で話を進めたか、今となっては思い出せないが、どうにもこうにもぎこちなかった二人の間の空気の感覚と、最後に家まで送ってもらい、玄関からそのまま階段を上がり、自分の部屋のベッドに横になり、そこへ兄が「どうした」と入ってきたとたん、涙が溢れ出てきたことだけは、はっきりと覚えている。

「自分が別れようって言ったのにさ。悲しくなっちゃってさ。バカみたい」

布団の端で涙を拭きながらそう言うと、

「まあ、縁があれば、また会えるさ」

よくわからない慰めの言葉を残して、兄は部屋を出ていった。

人間はこうやって少しずつ大人に成長していくのだろう。出会いと別れを繰り返し、だんだん大きくなるのさ。歌謡曲の文句のような言葉を頭に描きつつ、私は涙に酔いしれた。

あのときの気分に、酷似している。数少ない私の『振った』体験が、T氏の前で、突然、蘇った。

思えば私の人生は、ずっとこういう繰り返しだった。あるとき編集長に呼び出され、「もしかして私、クビ？」と笑いながら尋ねたら、「なんでわかるの。勘がいいんだねえ」と、勘のいいことだけをむやみに褒め称えられて、傷ついて帰ってきたこともある。出会って始まり、まもなく別れる。この、何とも言えぬ気まずくてやりきれないような別れ話の緊張感が、案外、私は好きなのかもしれない。だからこうして日雇い稼業を続けているのだろう。そうか、そうなのだ。

T氏と別れて涙は出なかったけれど、少しだけ胸が痛んだ。そして、この別れを機に、また一つ成長しよう。いつまでたっても成長しない頭で、そう決意した。

謎の目黒温泉――一枚の住所表示板から…

泉　麻人

古い民家の玄関先や塀に、昔の住所表示看板がそのまま張り出されているのを見ることがある。琺瑯《ほうろう》引き特有の質感もさることながら、いまや失われてしまった町の名などを知ることができて、散歩愛好者にはたまらない瞬間である。

僕が浜田山の家から代官山の仕事場へ車を運転して行くときに、駒場のあたりの裏道を利用するのだが、その道すがら、いつも気になる看板が一つある。狭い路地から淡島通りに折れた先、この辺でよく渋滞にひっかかって左手を見ると、小さな店の軒先に写真※①のような住所表示看板が張られている。

「目黒区　駒場町767」

昭和三十年代頃までポピュラーだった、紺地に白文字の看板である。駒場の町名は現在も残っているから、さほど面白いものではないが、気に掛かるのは下に添えられた〝広告〟の箇所だ。
「温泉と蒸風呂　目黒温泉」
左隅に小さく「大鳥神社際」と曖昧な場所表示と、2ケタ（市内局番）の電話番号が記載されている。東京都区内の局番が3ケタ制になったのは昭和35年のことだから、そこからそれ以前の住所表示板と推理できる。

かつて、こういった広告入りの住所表示板がよくあった。スポンサーは、資生堂とかサントリーのような大手ではなく、だいたいは近隣の町の、ちょっと名のある質屋や家具屋……といったクラスである。それにしても、目黒温泉ってのは、なんとも興味をそそられる物件である。何人かの目黒周辺の知人に尋ねてみたが、心あたりのある者はなく、まず現在も存在するとは考えられない。試しに、2ケタの局番に数字を足して電話を掛けてみたが、それらしき所には当たらず、何件目かで相手に叱られて、断念した。

場所も「大鳥神社際」だけでは漠然としている。僕

①淡島通り沿いの、とある店屋の軒先に張られた問題の住所表示板。目黒温泉の文字が旅情を誘う…

はふと、昔の住宅地図を調べてみよう……と思いたった。永田町の国会図書館の地図室に、往年の住宅地図が保管されている。

国会図書館の本館4階。古地図、とりわけ物心つく頃の昭和三十年代当時の東京地図を眺めることを〝一つの趣味〟としている僕は、以前にも何度かここを訪ねたことがある。

静閑とした地図室のカウンターには、数年前に来たときとは人も変わったのかもしれないが、以前と同じタイプの能面みたいな佇まいをした女性係員がいた。軽はずみな発言などできない雰囲気のなか、目録カードの目黒区の所を調べ、在庫中最も古い「昭和36年」と「昭和40年」「昭和48年」の三冊をひとまず見せてもらうことにした。

書庫から出してきてもらった住宅地図を、奥の机に〝陣地〟を見つけて広げる。なんともわくわくする瞬間である。唯一の〝手がかり〟である「大鳥神社」周辺のページを探して、開く。目黒通りと環六とが交差する界隈だが、まだ昭和36年当時は広い敷地をもった一軒家の表示が目につく。棟の周りに余白が多い、そんな民家の表示から、豊かな屋敷林などを携《たずさ》えていたであろう往年の目黒の風景が想像されてくる。

看板にあった「際」の表現から、大鳥神社裏手の南西部のあたりに注目したのだが、目黒温泉の表示は見あたらない。環六を渡った目黒駅寄りの所に「大鳥湯」、目黒不動尊近くに「不動湯」という、2軒の銭湯らしき表示を見つけたが、いずれかの〝浴称〟だろうか……が、「際」というには少々距離が離れている。

際ということでは、昭和48年版の大鳥神社の裏方に「目黒ボウリング」という物件が発生している。おそらく、中山律子らのブームに乗って出現したボウリング場だろう。町なかの映画館や温泉施設が、あの当時ボウリング場に鞍替えした、というケースは多かった。ここの前身が「目黒温泉」と推理した僕は、さらに「42年」「45年」の地図も加えて調べたが、以前は「鍛治田」という大きな屋敷の一画だった所で「温泉」のオの字も現われてこない。そもそも、あの2ケタ局番時代の看板から見て、昭和三十年代なかばには存在していなくてはおかしい。もしや、ここにある昭和36年（の地図）以前に、既に潰れてしまった施設なのだろうか？

調査はこの辺であきらめようか……と、昭和42年版の別のページを何気なく広げてみたとき、「目黒温泉」の名が目に飛びこんできた。目黒通りと環六の交差点の北東部、現在、目黒区民センターが建っているあたりだ。昭和36年版にもちゃんと載っている。区民センターの所は、「三井化学工業中央研究所」、目黒温泉を挟んで環六に面した所には「東京高周波電気炉株式会社」という奇妙な名称の物件がある。但し、ここにある地図で温泉が表示されているのは42年版までで、45年版ではマンションに変わってしまっている。

地図が別ページに区分されていたため、うっかり見落としていた。しかし、神社から大通りを渡った二、三百メーター向こう岸で、「際」ってのも随分な表現である。ともかく、気になっていた目黒温泉の在《あ》り処《か》を突きとめて、偉業を成し遂げたような心地である。

だがここまでのめりこんだら、往年の目黒温泉の地をこの目で確認したい。国会図書館のすぐ先の永田町駅には、最近南北線が延伸されてきて、これで目黒まで一気に行ける。正に「オレを目黒温泉へ運ぶための地下鉄」のようだ。

麻布十番、白金……を過ぎ、あっという間に目黒に着いた。権之助坂を下ると、目黒川の橋を渡った所から「大鳥前商店街」と名を掲げた、ひなびたアーケード商店街が始まる。いまや場末めいた雰囲気だが、かつては大鳥神社門前のにぎわった参道だったのだろう。おそらく目黒温泉が出来た当時は、大鳥神社の〝ランドマーク性〟も高く、多少離れていてもソレを道しるべに使いたい……参詣客を目当てにした娯楽施設だった……大鳥神社際の意図はそんなところではないだろうか。

交差点を中目黒方向に渡り、少し先の路地を右に折れる。目黒川流域のこの地域は、戦後から高度成長期にかけて機械や化学系の工場の密集地だったが、いまは大方が事務施設だけ残したオフィスビルに変わっている。地図で興味をもった「東京高周波電気炉」なる物件ももはや見あたらない。

目黒区民センターに隣接する旧目黒温泉の敷地には、やはり地図に記されていたとおり〝昭和四十年代後期〟風のマンションが聳えたっていた。※②〝鉄道廃線跡マニア〟ように、何か温泉時代の痕跡はないか……と、目を凝らして周辺を眺めまわったが、面影はまるでない。が、古地図の「目黒温泉」の所に〝括弧付き〟で添えられていた、土地の持ち主と思われる表札を掲げ

②旧目黒温泉の敷地に建つマンション。まさかここの住宅のお湯が“温泉使用”ということはないだろう

た民家が残っていた。

時代は経っているが、温泉にまつわるエピソードの一つでも伺うことができるのではないだろうか……。意を決してインタフォンを押してみたが、残念ながら応答はない。マンションの管理人を訪ねたが、この人は温泉のことなどまるで知らない様子だった。

僕は刑事になったような気分で、周辺の路地を歩きまわった。温泉とは関係ないけれど、道向こうの豪邸の外壁に「角舞台」[※③]というプレートが掲示されていて、この意味合いも気に掛かる。少し歩いた先で、道は湾曲した旧道じみた趣きになってきて、曲がり際のところにお地蔵様[※④]が六基並んでいた。

「田道庚申塔群」という謂《いわ》れが記されている。「各庚申塔には青面金剛・日月・二鶏・三猿などが浮彫りされ、造立年代は延宝五年（一六七七）から正徳三年（一七一三）にかけてのもので、田道庚申講中の氏名も明確に刻まれている。ここにある庚申塔は大型で保存状態や作柄も良く、江戸時代中ごろから農村で盛んになった庚申信仰や農民の生活を知る上に重要な資料である――」

田道（でんどう）というのはこのあたりの古い地名で、庚申塔の周囲に田畑が広がっていた昔の風景などが、ふと想像される。目黒温泉、角舞台、庚申塔群、高周波電気炉……不思議な記号が織りなす、幻想的な町並が僕の頭に描き出されてきた。

目黒温泉――おそらくそれは、戦後、錦糸町や亀戸、平和島、十二社《そう》……などと同じように、〝温泉掘削〟のブームにのって掘り当てられたゲルマニウム泉（どろっとした黒っぽい湯）の類い、と思われる。僕はその後、先の民家に二度三度、朝駈け、夜駈け、を試みたのだが、残念ながらこの原稿の〆切までにコンタクトは取れなかった。後日、面白いエピソードでも伺うことができたら、何らかの形で発表したいと考えている。

ともかく、町角の一枚の住所表示板から、こんな推理ゲームを愉しむこともできるのである。

③すぐ近くの屋敷の外壁に掲示された「角舞台」のプレート。何かの芸能事の史蹟だろうか…

④路地の曲がり際の庚申塔群。隣に町会事務所があるから、田道という土地の中心地だった所かも知れない

この作品は平成十年二月から平成十三年三月にわたり、
「星星峡」に掲載されたエッセイをまとめたものです。

著者一覧　（掲載順）

よしもとばなな
町田　康
篠田節子
デビット・ゾペティ
小川洋子
椎名　誠
梁　石日
伊集院静
連城三紀彦
山田太一
川上弘美
清水義範
藤田宜永
室井佑月
鈴木清剛
佐伯一麦
周防正行
唯川　恵
久間十義
小林紀晴
光野　桃
檀　ふみ
福井晴敏
平野啓一郎
最相葉月
藤沢　周
中山庸子
阿川佐和子
泉　麻人

発見《はっけん》

よしもとばなな 他

平成16年8月5日　初版発行
発行者――見城 徹
発行所――株式会社幻冬舎
〒151-0051東京都渋谷区千駄ヶ谷4-9-7
電話　03(5411)6222(営業)
03(5411)6211(編集)
振替00120-8-767643
印刷・製本――中央精版印刷株式会社
装丁者――高橋雅之

幻冬舎文庫
ISBN4-344-40563-3　C0195　よ-2-8